말숲
산책

알고 쓰면 더 빛나는 우리말 우리글

송진섭

말숲산책

초판 1쇄 인쇄 2025년 5월 15일
초판 1쇄 발행 2025년 5월 22일

지은이 송진섭
펴낸곳 푸른생각
펴낸이 김화정

편집 지순이 | **교정** 김수란 | **마케팅** 한정규
등록 제310-2004-00019호
주소 서울시 중구 충무로 29, 아시아미디어타워 502호
대표전화 02) 2268-8707
이메일 prunsasang@naver.com

ISBN 979-11-92149-61-5 03800
값 19,500원

푸른
교양선

말숲 산책

알고 쓰면 더 빛나는 우리말 우리글

송진섭

"피부가 장
난이 아닌데……." "로션 하나
발랐을 뿐인데." 예전 광고의 카피입니다.
'피부 미인' 이라는 말도 종종 쓰입니다. 한자어
'흐지부 '피부(皮膚)' 가 고유어로는 '살가죽', '살갗'
지' 의 사전적 의미는 입니다. 그런데 이 '가죽' 이라는 말이 옛날에
'끝을 분명히 맺지 못하고 흐리멍덩하 는 '갖' 이었습니다. 그래서 가죽으로 만든 재
게 넘겨버리는 모양' 입니다. '말을 흐지부지 얼버무 래의 신을 '갖신', 가죽으로 만들어 주로 전쟁
리다' 와 같이 쓰이는 말이지요. 그런데 '흐지부지' 는 한자어일 때 입던 옷을 '갖옷', 소가죽을 고아 만든 아교
까요, 고유어일까요. '지' 나 '부' 는 한자 같은데, 아무리 큰 한자 자전에도 를 '갖풀', 가죽을 다루던 천민을 '갖바치' 라
'흐' 라는 한자는 없습니다. 이쯤 되면 이 말은 원래부터 고유어인가 보다 하는 생각 고 했습니다. 이 밖에 '갖저고리', '갖두루마
이 들게 마련입니다. 그러나 알고 보면 그게 아닙니다. 이는 '휘지비지(諱之秘之)' 에서 기' 등도 널리 쓰였습니다. 그러던 것이 문화
온 말인데, '휘지비지' 는 '숨기고 감추다' 라는 뜻입니다. 그런데 이 말이 발음이 어려워서 그랬는 가 바뀌니까 언어도 바뀌어서 구두, 밍크, 여
지, 아니면 한자가 어렵거나 귀찮아서 그랬는지, '흐지부지' 가 되고 말았습니다. 이렇게 되고 보니 영락 우 목도리 등에 슬그머니 자리를 내주고 가
없이 본 래부터 고유어였던 것처럼 느껴지지요. 이와 같이 본래는 한자어 죽제품의 이름들은 기억의 뒤안길로 사라
였 '시치미 떼 던 것이 음이 변하여 마치 본래부터 고유어인 것처럼 느껴 졌습니다. 아무리 아름다운 말이라도 사
기' 란 본래 못된 '매잡이' 들이 하던 짓이 지는 말들이 더러 있습니다. '사냥' 은 한자어 '산행 람들의 사랑을 받지 못하면 그 말은 시들
었습니다. '시치미' 란 조그만 뿔 조각에다 매 주인의 이 (山行)' 에서 온 말이고, '과녁' 도 한자어 '관혁 어 죽게 마련입니다. '슈룹' (우산)이 그
름과 주소를 새긴 꼬리표인데, 매의 임자를 알리기 위해 꼬리 깃털 (貫革)' 에서 온 말이며, '가난' 은 한자어 '간 렇고, '슈건' (수건)이 그렇고, '신' (단풍),
사이에 붙어두던 물건이었습니다. 매를 길들여서 꿩이나 토끼 따위를 사냥하 난(艱難)' 에서 온 말입니다. 셋 다 뜻을 생 '널' (판자), '자감' (메밀껍질) 등이 그
는 일이 조선 말기까지만 해도 상당히 보편화되어 있었던 모양입니다. 그러니까 오 각해보면 고개가 끄덕여집니다. 산에 렇고, '온' (백), '즈믄' (천), '가람' (강),
늘날로 보면 엄연히 하나의 직업이랄 수도 있겠는데, 소설가 이청준은 「매잡이」라는 소 [山] 가야[行] '사냥' 을 하고, 화살로 꿰 '뫼' (산) 등이 다 그렇습니다. 우리
설을 쓰기도 했습니다. 하긴 남이 맞을 매를 대신 맞아주는 '매품팔이' 라는 직업도 있던 때 뚫기[貫] 위한 가죽[革]판이 '과녁' 이 민족의 얼이 담긴 고유어임에도 불
였으니까요. 매사냥을 하다 보면 매의 주인들끼리 시비도 생겼겠지요. 사람 사는 세상이란 게 었으며, 삶의 어려움[간난]은 대부 구하고 한자어에 대한 언중의 왜곡
나 이제나 다 그런 것 아닌가요. 가령, 어떤 매가 꿩을 덮쳐서 잡았는데 이를 먼저 발견한 엉뚱한 분 '가난' 이었을 테니까요. 나 된 사랑 때문에, 마치 본처 자리
이 그만 욕심이 생겼습니다. 그래서 꿩 잡은 매의 '시치미' 를 떼어버리고 자기 매라고 우겨댔니 는 이런 것들이 참 재미있는 를 첩에게 내주고 쫓겨나던 전통
로 여기에서부터 '시치미를 뗀다' 는 말이 근거나 단서를 없앤다는 뜻으로 쓰이게 되었고, 그 의 데 여러분은 전혀 그렇지 않 사극 중의 여인들처럼, 그렇게 기
층 확대된 것입니다. 그러고 보면 우리 민족의 '시치미 떼기' 는 그 뿌리가 상당히 깊다 싶습 나요? 아무튼 오늘 하루 흐 억의 뒤편으로 밀려나고 말았습
리가 깊은 만큼 좀처럼 뽑히지 않겠다 싶어 조금 이럴 우울해지기도 합니다. 크거 지부지 보내지 마시고 부 니다. '씹는다' 라는 말은 음식을
나 책임 질 건 책임지는 사회, 그런 사회가 바 수도 저럴 수 로 선진 사회 아니겠는지 디 알차게 가꾸시기 바랍 이로 씹을 때나 쓰는 말인 줄 알았
부터인지 '완전하다' 대신 '완벽하다' 를 쓰 도 없는 막판의 상황 는 사람들이 빠른 속도로 니다. 설레이는 마음, 살 는데 웬걸, 이젠 '말' 도 '씹는' 대
있습니다. 그런데 알고 보면 꼭 그래야 을 '이판사판' 이라고 합 할 이유도 없고 또 그렇 을 에이는 듯한 바람, 비 상이 된 모양입니다. 아이들 대화
할 만큼 단순하거나 쉬운 말도 아닙니 니다. 요즘 나라꼴을 보면 문 다. '완벽(完璧)' 은 가 그치고 맑게 개인 날, 를 귀담아 듣다 보면 말이나 메시
전한 구슬' 을 뜻하는 명사로, '아무 자 그대로 '이판사판' 의 형국으 런 흠도 없는 값진 것 밤거리를 헤매이는 지에 반응이 없을 때, 흔히 '씹는
기는 비유어였습니다. 그리고 '완 로 치닫는 것 같아 답답하고 안타깝 벽하다' 는 뒤늦게 명 젊은이들……. 왜 그 다' 는 말을 쓰곤 합니다. 우리
벽' 에서 파생된 형용사입니다. 그 기 짝이 없습니다. 신라 천 년, 고려 오백 런데 원래의 말, '완 런지 모르겠습니다. 집에도 그런 애가 둘이나 있
는 꽤 긴 배경 고사가 숨어 있습 년, 우리나라는 무려 천오백 년 동안 불교국 니다. 이야기는 언제부터 시작되었 습니다. 얼마 전까지는
기원 전 중국의 전국시대로 거 가였습니다. 그래서 조선 초의 억불숭유(抑佛 슬러 올라갑니 는지도 모르겠습니 남을 흉보거나 헐뜯
전국시대란 진(秦), 초(楚), 연 崇儒) 정책은 승려들을 '이판사판' 의 궁지로 내 (燕), 제(齊), 한 다. 그냥 아무렇지 을 때 흔히 '씹
韓), 위(魏), 조(趙)의 일곱 나 몰기에 충분했습니다. '이판사판' 이란 원래, '사 라, 즉 칠웅(七 도 않게 잘못 쓰 는다' 라는
雄)이 패권을 다투던 시대를 찰을 존속시키는 일' 과 '불법(佛法)의 맥을 잇는 가리킵니다. 고 있습니다. 말을 썼
약소국 조나라에는 '화씨벽 일' 을 아울러 일컫는 긍정적인 의미였습니다. (和氏璧)', 이제는 공중 습 니
즉 '화씨구슬'이라는 진귀 일부 승려들 은 절을 없애는 폐사(廢 한 보물이 파 방송의 다. 직
있었는데 강대국이던 寺)를 막 기 위해 일을 하여 사 진나라 소 자막조차 장 의
양왕은 그 구슬이 탐 원의 이 났습 도 이 상사를
니다. 렇게 안주 대신
조 잘 '씹으면서'

PRSG

산책을 시작하며

우리는 누구나 다른 사람과 더불어 살아갑니다. 그런 우리가 자신을 표현하거나 상대방을 이해할 때, 주로 사용하는 것이 바로 언어입니다.

그럼에도 이런 중요한 언어에 대한 우리들의 관심은 그 중요성만큼 크지는 않은 것 같습니다. 우리는 공기나 물이 없이 살 수 없는데도 일상에서 공기나 물의 소중함을 잊고 사는 것처럼, 언어의 소중함도 그렇게 잊고 사는 게 아닌가 싶습니다.

그러나 평소에 언어의 소중함을 잊고 산다고 해서 그 소중함이 사라지거나 줄어들지는 않습니다.

긴 세월 우리말과 관련된 일을 하다 보니 저도 모르는 사이에 우리말과 글에 대한 관심과 애착이 점점 많아졌습니다. 그러다 보니 이것저것 뒤적여가며 찾아보는 습관이 생기기도 했습니다.

이 글은 전공자를 위한 글도, 학문적인 글도 아닙니다. 저와 비슷한 보통 사람들을 염두에 두고 쓴, 우리말에 대한 관심과 애착의 한 표현입니다.

언어는 고정불변의 존재가 아닙니다. 풀이나 나무처럼 생명이 있어서, 새로 나기도 하고 자라기도 하며 죽기도 합니다. 이런 점에서 볼 때 언어의 세계는 무한대의 숲과 비슷한 점이 있습니다.

미술관, 박물관, 역사유적지는 물론, 숲에 가도 대상을 쉽게 해설해주는 해설사가 있습니다. 그런데 '말의 숲'에는 그런 해설사가 없습니다. 해설사가 없는 '말숲'에 감히 그 일을 해보고자 합니다.

거의 무한대로 넓은 '말숲'을 함께 산책하면서 흔히 잘못 알고 있는 나무, 우리가 이름을 모르고 있는 풀, 어떤 꽃의 특이한 유래 등을 마주치는 대로 적어보고자 합니다.

이 작은 노력이, 함께 산책하는 분들의 언어생활에 작은 재미나 도움이 되었으면 참 좋겠습니다.

2025년 봄날, 광교산 자락에서

송진섭

차례

제2부 같아요, 같아요, 같아요

차례

제3부 소인배는 있어도 대인배는 없다

차례

제4부 머리와 대가리

제1부

사랑을 먹고 사는 말

001 세종대왕의 한글 창제

지금은 '한글'로 불리는 훈민정음은 세종 25년(1443) 12월에 창제되었습니다. 세종대왕이 서문에서 밝힌 훈민정음 창제의 목적은 대략 이렇습니다. "우리말이 중국말과 달라서 한문과는 서로 통하지 않는다. 그래서 백성들이 말하고자 하는 것이 있어도 그 뜻을 제대로 표현하지 못하는 것이 많다. 내가 이를 안타깝게 여겨 새로 스물여덟 자를 만드니 사람마다 쉽게 익혀서 일상에 편하게 쓰기를 바란다."

당시는 말은 있는데 그 말을 기록할 글이 없는 사회였습니다. 글이 없으니 언어 구조가 전혀 다른 남의 글을 써야 했습니다. 이는 그 사회의 매우 난감하고 치명적인 언어 현실이었습니다. 남의 글이니 배우기도 어렵고 뜻이 잘 통할 리도 없습니다. 게다가 누구에게나 배울 기회가 주어지는 것도 아니었습니다. 이에 대한 세종의 인식과 대책이 실로 감동적입니다.

그 당시를 기록한 실록의 맨 마지막 기사는, "이달에 주상이 친히 언문 28자를 만드셨다."라는 간략한 글이었습니다. 새 문자의 창제를 알리는 기록이 구체적 날짜조차 없이 왜 이렇게 간단했을까요? 그럴 수밖에 없는 사정이 따로 있었기 때문입니다.

우리는 그 '사정'을 최만리 등의 반대 상소문을 통해서 짐작할 수 있습니다. 대대로 명문대가의 후손으로 태어나 집현전에서 무려 25

년이나 있었으며, 신망이 매우 높아 집현전의 수장까지 오른 최만리는, 수하 학사들과 함께 한글 창제 반대 상소를 올립니다. 이 상소는 그해의 간지(干支)를 따라 '갑자상소'라고도 하는데, 그 내용은 대략 다음과 같습니다. "언문(諺文)의 제작은 지극히 신묘해서 만물을 창조하고 지혜를 운행함이 천고(千古)에 뛰어나지만, 신 등의 구구한 좁은 소견으로는 의심되는 측면이 있어 뒤에 열거하오니 판단해주시기를 엎드려 바랍니다."

그 '의심되는 측면'은 다음 두 가지로 요약됩니다.

첫째, 조선은 조종(祖宗) 때부터 지성스럽게 대국을 섬겨 한결같이 중화(中華)의 제도를 따랐는데, 이제 언문을 만든 것을 중국에서 알면 대국을 섬기고 중화를 사모하는 데 부끄럽다.

둘째, 몽골, 서하, 여진, 일본 등은 각기 글자가 있지만 그들은 오랑캐이니 말할 것이 없다. 지금 언문을 만든 것은 중국을 버리고 스스로 오랑캐와 같아지려는 것이다.

최만리 등이 상소문에서 우려하는 것은 바로 중국과 관련된 걱정이었습니다. 한글 창제가 중국의 비위를 거스르지는 않을까, 중국을 섬기는 데 부끄러운 일이 되지는 않을까, 한글 창제 때문에 우리도 오랑캐가 되는 것은 아닐까, 이런 점을 걱정하고 있었던 것이지요.

당대 최고의 젊은 지성들이 이런 상소를 올렸다는 사실은 당대의 현실을 모르고는 이해할 수 없겠다 싶습니다.

그리고 왕실의 기록인 실록조차 한글을 '언문'이라고 적고 있다는 사실도 놀랍습니다. 언문의 '언(諺)'은 '속되고 상스럽다'는 뜻이고, '언문(諺文)'은 '속되고 상스러운 글'이라는 뜻으로, 중국의 한문에 대한 낮춤말이었기 때문입니다.

사대주의 사상이 뿌리 깊었던 당대 현실을 감안하더라도 온 나라에서 뽑혀 온 젊은 지성들에게서 민족의 주체적 안목을 찾아볼 수 없다는 점이 현대를 살아가는 우리로서는 안타깝기만 합니다. 만에 하나, 세종 임금께서 집현전 젊은 인재들의 의견을 존중하여 한글 창제를 그만두기라도 했더라면, 우리 민족의 역사와 문화는 어떻게 전개되었을까요? 생각이 여기에 이르면 털끝이 쭈뼛해집니다.

002 한국어, 하이브리드 언어

서양의 언어학자들은 한국어의 우수성을 말하면서 한국어를 하이브리드 언어로 분류하기도 합니다. 한국어가 고유어와 한자어로 이루어진 점을 염두에 둔 견해라고 생각합니다. 둘 이상의 언어가 합해진, 이른바 하이브리드 언어는 한국어만이 아니며, 한자어와 자국어가 합해진 언어만 해도 한국어 외에 일본어, 베트남어 등이 있습니다.

하이브리드(hybrid)라는 단어는 잡종, 혼종, 결합 등을 뜻하는 말로, 전기와 연료 두 가지의 동력을 활용한 '하이브리드 자동차' 덕분에 널리 쓰이게 되었습니다. 이 말은 본래 생물학 용어로 쓰이던 말이었습니다. 우수한 자질을 가진 동물이나 식물, 두 종을 교배해서 둘의 장점을 지닌 새로운 개체를 만들어내는 것이 하이브리드의 본래 기능이었습니다. 한자와 고유어의 장점을 결합하여 언어 기능을 극대화한 한국어를 하이브리드 언어로 보는 견해는 일면 타당해 보이기도 합니다. 가령, 한국어의 엄청난 조어 기능은 한자어와의 결합에 의한 경우가 많음을 부인하기 어렵기에 하는 말입니다.

한자는 기원전 2세기에 우리나라에 전해졌습니다. 말과 글이 서로 다르다는 엄청난 장벽에도 불구하고, 아주 오래도록 우리 조상들은 한문을 기록의 수단으로 썼습니다. 말은 있어도 문자가 없었기 때문에 그럴 수밖에 없었습니다.

말과 글이 다른 것은 언어생활의 치명적 장벽입니다. 이 문제의 심각성을 깨달은 세종께서 한글을 창제한 것이 15세기였으니까, 조선시대 이전의 문헌 대부분이 한자로 기록되는 것은 불가피한 일이었습니다.

그런데 그 소중한 한글은 반포된 이후에도 무려 2세기 동안이나 지도층으로부터 외면을 당해왔습니다. 당대 사회의 지도층, 상류층은 한문에 이미 익숙해져 있어서 새로 만든 문자가 불편하고 부담스러웠습니다. 그래서 조정 대신들은 한글 창제를 극구 반대했고, 이런 와중에 나온 최만리 등의 한글 창제 반대 상소문이 명문(名文)으로 회자되는 어이없는 일도 있었던 것이지요.

양반을 제외한 언어 대중, 특히 여성들에게는 한자와 한문을 배울 기회조차 없었습니다. 만약 궁중이나 양반가의 여성들조차 한글을 외면했더라면 우리 한글은 그 시대에 고사되고 말았을지도 모릅니다.

한 나라의 말과 글은 그 나라의 언중의 사랑을 먹고 자라는, 풀이나 나무 같은 존재이기에 하는 말입니다.

003 우리말의 상처

상처는 사람과 사람 사이에서만 생기는 게 아닙니다. 상처는 연인들 사이에서만 생기는 것도 아닙니다. 상처는 사람과 언어 사이에도 뚜렷이 그 흔적을 남깁니다.

이민족(異民族) 지배하의 36년, 사실 긴 시간이었습니다. 강산이 세 번 반이나 변할 수 있는, 그런 긴 시간이었습니다. 그래서 고문을 당하고 난 지 70년이 넘었건만 우리말에는 아직도 아물지 못한 상처가 많이 남아 있습니다. 그 상처는 남아 있는 데 그치지 않고 점점 더해 가는 경우도 허다합니다.

"우수로 좌측 안면 삼 회 타격."

어느 코미디의 대사가 아닙니다. 파출소의 사건 조서 내용이랍니다. '오른손으로 왼쪽 뺨을 세 번 때림' 이러면 훨씬 쉽고 좋을 것을…….

"제반 야생화 다량 식재."

서울 양재천 산책로에 세워놓았던 팻말 내용입니다. '여러 가지 들꽃을 많이 심었습니다.' 이게 훨씬 좋아 보입니다.

"인화물질 지입 엄금."

옛날 시내버스의 운전석 옆에 붙여놓은 글귀입니다. '불붙기 쉬운 물건은 가지고 타지 마세요.' 이렇게 쓰면 초등학생 아이들도 다 알아보았을 텐데요.

아직 멀었습니다. 법조문이 그렇고, 법정 판결문이 그렇고, 건설업계나 미용업계의 용어들이 그렇고, 봉재업계의 용어들도 그렇습니다. 심지어는 일상 언어들에서까지도 어렵지 않게 많은 상흔을 발견할 수 있습니다.

'소데나시, 사시미, 요지, 무대포로…….'

'민소매, 생선회, 이쑤시개, 덮어놓고…….' 이러면 될 것을, 영 다르다 싶으면, 아무래도 이게 아니다 싶으면, 잠깐 사전 찾아보고 쓰면 되는 것을.

지명에 이르면 더 답답합니다. 그 아름다운 우리 고유의 이름을 팽개치고 일본인들이 편의를 위해 한자어로 고친 것이건만, 한자는 그들도 쓰기 때문에 편해서 억지로 고친 것이건만, 그것도 모르고 덩달아 한자어 투성이로 바뀌고 말았습니다. 전국에 그 많은 '벌말(들말, 들몰)'을 '평촌(坪村)'으로, '새터'를 '신기(新基)'로, '위뜸, 아래뜸'을 '상촌(上村), 하촌(下村)'이나 '상리, 하리'로, '무너미마을'을 '수유리'로, '두물머리'를 '양수리'로, '뚝섬 장터'를 '뚝도 시장'으로, '너더리'를 '판교'로, '쇳골'을 '금곡동'으로 바꾸었습니다.

이런 예는 너무 많아 일일이 열거하기도 어렵습니다. 이 모두가 일제 때 바뀐 것인데, 우리는 덩달아 그것을 따라 쓸 뿐만 아니라 일부러 더 만들어 쓰기조차 한다는 데에 문제가 있습니다.

조선 500년 동안 한문 때문에 외면당했던 우리말, 그도 모자라 일제 때 한 번 더 입은 상처가 한 세기가 넘도록 치유되지 않고 깊어만 갑니다. 이런 언어 현실이 더더욱 슬픈 이유는, 앞으로도 나아질 기미가 보이지 않는다는 데에 있습니다.

우리가 말을 할 때 이게 일제의 잔재는 아닌지, 우리 모두가 아주 잠깐씩만 생각해보고 쓴다면 언젠가는 그 상처가 아물 것입니다. 요컨대 이 아픔의 치유는 관심의 문제다 싶습니다.

많은 외래어 중 일본어가 유달리 문제가 되는 것은 우리가 필요해서 자발적으로 받아들인 것이 아니라, 일제의 강압에 의해서 억지로 쓰게 된 말이기 때문입니다. 저는 지금 어느 특정 상품을 말하고 있는 게 아닙니다. 우리 민족의 얼이 담긴 우리말을 이야기하고 있는 것입니다. 누가 고리타분하다고 흉을 본대도 어쩔 수가 없습니다. 아주 조금만 우리말에도 관심을 가졌으면 해서 다소 열을 올렸습니다.

004 사랑을 먹고 사는 말

"피부가 장난이 아닌데……."

"로션 하나 발랐을 뿐인데."

예전 광고의 카피입니다. '피부 미인'이라는 말도 종종 쓰입니다.

한자어 '피부(皮膚)'가 고유어로는 '살가죽', '살갗'입니다. 그런데 이 '가죽'이라는 말이 옛날에는 '갗'이었습니다. 그래서 가죽으로 만든 재래의 신을 '갖신', 가죽으로 만들어 주로 전쟁 때 입던 옷을 '갖옷', 소가죽을 고아 만든 아교를 '갖풀', 가죽을 다루던 천민을 '갖바치'라고 했습니다. 이 밖에 '갖저고리', '갖두루마기' 등도 널리 쓰였습니다. 그러던 것이 문화가 바뀌니까 언어도 바뀌어서 구두, 밍크, 여우 목도리 등에 슬그머니 자리를 내주고 가죽제품의 이름들은 기억의 뒤안길로 사라졌습니다. 아무리 아름다운 말이라도 사람들의 사랑을 받지 못하면 그 말은 시들어 죽게 마련입니다. '슈룹'(우산)이 그렇고, '쥬련'(수건)이 그렇고, '싣'(단풍), '널'(판자), '쟈감'(메밀껍질) 등이 그렇고, '온'(백), '즈믄'(천), '가람'(강), '뫼'(산) 등이 다 그렇습니다.

우리 민족의 얼이 담긴 고유어임에도 불구하고 한자어에 대한 언중의 왜곡된 사랑 때문에, 마치 본처 자리를 첩에게 내주고 쫓겨나던 전통 사극 중의 여인들처럼, 그렇게 기억의 뒤편으로 밀려나고 말았습니다.

005 말과 사회 현실

인심이 각박해지고 경기마저 불황이어서 일가족 자살 사건, 폭행 사건, 살인 사건 등이 꼬리를 물고 이래저래 서민들의 한숨 소리는 높아만 갑니다.

사회 현실이 각박해지면 어김없이 언어도 거칠어집니다. 그래서 그럴까요? 요즘 우리말에는 된소리 발음이 엄청나게 많이 사용되고 있습니다. 문제는 된소리 발음 자체가 아니고 그것이 틀린 발음이라는 데에 있습니다. '문뜩, 창꼬, 방뻡, 간딴한, 효꽈' 등등이 다 잘못된 발음들입니다. '문득, 창고, 방법, 간단한, 효과'라고 해야 맞는 발음입니다.

그뿐만 아니라 된소리, 거센소리 발음은 사람들의 심리에 악영향을 끼쳐서 더욱 각박하게 만든다고 합니다. 언어는 사회 현실을 반영하지만, 반대로 언어는 사회 현실을 순화하는 힘을 가졌다고도 합니다. 현실이 각박해지는 이런 때일수록 곱고 아름다운 말을 사용하도록 노력해야 합니다.

별 생각 없이 던지는 한 마디 말이 싸움으로까지 이어질 때마다, 아 다르고 어 다르다는 우리 속담이 실감 납니다.

006 우리말의 높임법

외국인들이 우리말을 배울 때 어려워하는 것 중 하나가 높임말이라고 합니다. 사실 높임말은 외국인들에게만 어려운 게 아닙니다. 높임말이라 해도 격식을 갖추는 경우가 있는가 하면 그렇지 않는 경우도 있습니다. 또 격식을 갖추는 경우라 해도 아주 높이는 경우가 있는가 하면, 예사로 높이는 경우도 있습니다. 그래서 상황에 알맞게 사용하기란 생각보다 쉽지가 않습니다.

이제 궁금해하시는 분들을 위해 여기 정리해드립니다. 참고가 되어 알맞은 상황에 사용하는 데 도움이 되었으면 좋겠습니다.

격식체

① 합쇼체 : 오십시오, 앉으십시오, 드십시오……

② 하오체 : 오시오, 앉으시오, 드시오……

③ 하게체 : 오게, 앉게, 들게……

④ 해라체 : 오너라, 앉아라, 먹어라……

비격식체

① 해요체 : 오세요, 앉으세요, 드세요……

② 해체 : 와, 앉아, 먹어……

이렇게 정리해놓고 보면 별것도 아니다 싶습니다.

조선 시대는 철저한 수직 사회였습니다. 반상(班常, 양반과 상놈)의 차이도 있었고 노비제도도 있었으니까요. 고전을 읽다 보면 그 사회가 얼마나 수직적이었는지 짐작이 갑니다.

우리말의 존대법은 바로 그런 수직적 사회구조와 관계가 깊습니다. 전 세계에서 높임법이 우리만큼 엄격한 언어는 없다고 합니다. 개인적으로 우리말의 가장 큰 단점이 바로 존대법이라고 생각합니다. 왜냐하면 존대법은 함께 살아가는 사람을 가까이하지 못하게도 하기 때문입니다. 반면 서양 사회는 수평적인 사회여서 존대법이 엄격하지 않습니다. 그래서 그런지 어린애와 노인이 자연스럽게 친구가 되기도 합니다.

우리말도 이제 복잡한 존칭어를 단순하게 고쳐나갈 수는 없을까요? 저는 그런 생각을 자주 합니다. 몽땅 없애는 것이 어려우면 딱 두 가지로 단순화했으면 좋겠습니다. 제 생각에는 해라체와 해요체, 이 두 가지면 충분하다 싶습니다.

그러나 그게 어디 그리 단순한 일이던가요? 한가한 사람의 백일몽이라고 지탄이나 받겠지요.

007 말도 씹는 시대

'씹는다'라는 말은 음식을 이로 씹을 때나 쓰는 말인 줄 알았는데 웬걸, 이젠 '말'도 '씹는' 대상이 된 모양입니다. 아이들 대화를 귀담아 듣다 보면 말이나 메시지에 반응이 없을 때, 흔히 '씹는다'는 말을 쓰곤 합니다. 우리 집에도 그런 애가 둘이나 있습니다.

얼마 전까지는 남을 흉보거나 헐뜯을 때 흔히 '씹는다'라는 말을 썼습니다. 직장의 상사를 안주 대신 '씹으면서' 술을 마시는 일, 그리 드물지 않았습니다.

어떤 젊은 회사원들이 술을 마시다가 화장실에 갔습니다. 거기가 은밀하다 싶었는지 상사에 대한 험담을 계속하고 있었는데, 화장실 안에서 뜻밖의 목소리가 들렸습니다.

"나 여기 있어, 이제 그만해."

모르긴 해도 그 젊은이들, 술맛이 천 리나 도망갔겠다 싶습니다.

한자어로 '식언(食言)'이라는 말이 있습니다. 이는 글자 그대로 '말을 먹다', 즉, '약속을 어기다'의 뜻으로 쓰이는 말입니다. '위약(違約)'이라는 말이 대체로 법적인 약속을 어길 때 쓰이는 말이라면, '식언(食言)'은 그보다는 다소 가벼운 약속을 어길 때 쓰이는 말이라고나 할까요. 그러던 것이 이제 약속을 어기는 게 아니라 상대방의 문자에 응답이 없을 때 쓰이기에 이른 것입니다.

물론 이 경우 '씹는다'는 말은 아직은 비속어입니다. 그러나 누가 알겠습니까? 이런 말도 사람들의 사랑을 받고 세력을 얻어서 언젠가는 표준말이 될지.

이 세상 모든 것은 변하게 마련이니까요.

008 다수의 횡포

다수의 횡포라는 말은 여당, 야당이 극도로 대립하는 국회에서나 쓰이는 말인 줄 알았습니다. 사람이 살아가는 곳에는 늘 다수와 소수가 있게 마련입니다. 그리고 당연히 다수의 그늘에는 소수가 있습니다. 다수가 항상 옳은 것은 아니듯이 소수가 늘 틀리는 것도 아닙니다. 소수가 참인 경우도 분명히 있다는 뜻입니다. 참된 소수는, 참되면서도 단지 소수라는 이유 하나만으로 다수에게 처참하게 무시됩니다. 이런 일은 우리를 슬프게 합니다.

옳은 소수가 존중되는 사회, 이게 바로 선진 사회일 것이라고 생각합니다. 그런데 이런 일이 언어 현상에도 나타나고 있습니다.

요즘, '엄청'이라는 말이 '엄청나게' 쓰이고 있습니다. '안절부절'이라는 말도 너무 자주, 너무 많이 쓰여서 뜻있는 사람들로 하여금 '안절부절못하게' 합니다. 그러다 보니 '엄청나게' 대신 '엄청'이, '안절부절못하다' 대신 '안절부절'이 더 많이 쓰이게 되었고, 또 그러다 보니 틀린 말이던 것이 다수의 사랑에 의해 복수 표준어의 자리를 꿰차기에 이르렀습니다.

'엉터리없다', '주책없다' 등의 경우도 그렇습니다. 다수의 사람들이 선택한 결과, 다수가 소수를 지배한 결과, '없다'라는 꼬리를 잘라버린 '엉터리', '주책' 등이 버젓이 복수 표준어가 되어 사전의 표제어로 딴살림을 차렸습니다.

말이란 어법이 먼저가 아니고 어디까지나 언중의 선택이 우선이라는 사실, 바꾸어 말하면 어법은 다수가 지배한다는 사실을 실감하게 됩니다. 이러다 보면 요즘 논란이 되고 있는 유행어나 신조어가 언젠가는 점잖은 우리말을 몽땅 밀어내고 표준말이 되는 것은 아닐까요? 아무 생각 없이 많이 쓰는 신조어나 잘못된 말투까지 표준말이 되는 일은 없었으면 좋겠습니다.

009 나는 병, 드는 병

우리는 너나없이 광고의 홍수 속에 삽니다. 그래서 광고의 카피가 유행어가 되는 일도 드물지 않습니다.

“딱 걸렸어.” 이 말도 그중 하나입니다. 우리는 무엇엔가 걸리면 기분이 좋지 않습니다. 걸릴 일 자체를 하지 않으면 그만이라고 할지 모르지만 사람이 신이 아닌 이상 그게 어디 쉽나요. 시험 때 부정 행위하다 걸려도 그렇고, 거짓말하다 걸려도 그렇고, 심지어는 감기에 걸려도 짜증이 납니다. 요컨대 무엇에든 걸리지 말아야 합니다.

요즘 코로나의 기세가 되살아나고 있다고 합니다. 오랜 시간이 지나다 보니 경계심이 무디어져서 그런 게 아닌가 싶습니다. 그래도 코로나 따위는 더더욱 걸려서는 안 됩니다.

그런데 생각해보면, 병은 걸리기만 하는 게 아닙니다. 화병(火病)은 속에서부터 터져 나오는 거니까 화병이 났다고 하고, 감기는 밖에서 들어오는 거니까 감기 들었다고 하고, 옴은 재수 없는 사람에게 달라붙는 거니까 옴 붙었다고 하고, 치질은 없던 게 어느 날 생기는 거니까 치질 생겼다고 합니다.

우리말의 감칠맛은 여기에서도 뚜렷하게 확인됩니다. 이런 병, 저런 병, 들지도, 나지도, 걸리지도 마시고 건강하게 지내시기 바랍니다.

010 낙타와 바늘귀

기독교 신자가 아니라도 다 아는 성경 구절, '부자가 하늘나라에 들어가는 것은 낙타가 바늘귀를 통과하는 것보다 어렵다.' 이 말은 의미론적 측면에서 보면 쉽게 납득이 되질 않습니다. 정신 나간 낙타가 아니고서야 왜 바늘귀를 통과하려고 하겠습니까? 바늘귀가 아니고 좁은 마구 문이라면 또 모르겠지만요.

맨 처음 이 말을 읽고 참 이상하다고 생각했습니다. '낙타와 바늘귀는 영 엉뚱한데.' '낙타가 바늘귀를 지나가다니…….' 별별 생각이 다 들었습니다.

그런데 마태복음 19장 24절과 마가복음 10장 25절에 나오는 유명한 이 성경 구절은 사실 잘못 번역된 것이라는 주장이 있습니다. 번역자가 아람어의 원어 'gamta(밧줄)'를 'gamla(낙타)'로 오역한 결과라고 합니다. 사실 철자가 매우 비슷해서 그럴 수도 있겠다 싶습니다.

이와 비슷한 예는 신데렐라의 유리 구두에도 나옵니다. 사실 얼빠진 사람이 아니고서야 누가 유리로 구두를 만들어 신겠습니까? 그것을 신다가 깨지기라도 하면 그 발이 어떻게 될지 생각만 해도 소름이 끼칩니다. 이 역시 '털가죽 구두'를 '유리 구두'로 오역한 결과라고 합니다. 프랑스어 '털가죽(vair)'을 '유리(verre)'로 오역한 것이라는데요, '털가죽'과 '유리'는 우리말로는 비슷하지 않지만, 프랑스어로는 이 둘의 발음이 거의 같다고 합니다. 그래서 번역자가 혼동했다는 주장입니다.

아하! 그러면 그렇지, 이제야 이해가 갑니다. 실보다 훨씬 굵은 노끈, 노끈보다 더 굵은 밧줄. 실과 바늘 대신 밧줄과 바늘 귀, 굵은 실이나 노끈 정도라면 혹 몰라도 밧줄을 바늘귀에다 꿸 수는 없겠지요. 그러고 보면 원래는 '부자가 하늘나라에 들어가는 것은 밧줄이 바늘귀를 통과하는 것보다 어렵다.' 이런 뜻이 아니었을까요?

한편, 성경의 배경이 되는 당대에는 대문 외에 사람이 간편하게 드나드는 쪽문이 많았는데 이를 '바늘귀'라고 지칭했다는 주장도 있습니다.

알고 보면 우리는 수많은 오류 속에서 살아가는지도 모릅니다. 그래서 특히 공적인 입장에서 언어를 다루는 사람들은 이런 오역이 없도록 더욱 신경을 써야 하는 것이고요.

그런데 오래전 한국과 EU 사이에 체결된 FTA 협정문 한글본에서 무려 207군데나 오역이 발견되어 다시 출간한다는 보도가 있었습니다. 어찌 이런 일이 다 있는지 어이가 없습니다. 이게 혹 국어는 제쳐두고 영어 몰입 교육만 강조한 결과는 아닌지요.

011 반딧불과 반딧불이

나이를 먹으면 과거를 먹고 산다는 말이 있습니다. 그래서 그럴까, 저도 언제부턴가 미래를 내다보는 일보다는 과거를 돌아다보는 일이 더 잦아졌습니다.

어린 시절, 여름날 밤이면 까만 하늘에 파아란 반딧불의 군무가 황홀할 정도였습니다. 햇밀로 뽑은 국수에 팥을 듬뿍 넣은 칼국수를 배불리 먹고, 까만 하늘을 향해 팔베개 하고 평상에 누우면 쏟아질 듯 그렇게 많던 별들, 그 별들 아래로 수없이 날아다니던 반딧불. 호젓한 풀숲에서라도 그 녀석들을 만나면 귀신불, 도깨비불이 연상되어 머리끝이 곤두서곤 했던 기억들……. 그 많던 반딧불이 지금은 사라져가고 있다니 조금 서글픈 느낌입니다.

그 '반디'가 국어사전에는 '반딧불이'로 소개되고 있습니다. 훈민정음 해례본에도 '반되'라고 나오고 또 다른 중세 문헌에도 '반되블'이라는 표기가 보입니다. 벌레는 '반되', 그 불은 '반되블'이었는데, 오늘날로 치면 '반디', 그리고 '반딧불'이 됩니다.

언제부턴가, 그리고 누가 그렇게 붙였는지, 벌레는 '반딧불이', 그 불은 '반딧불'로 바뀌고 말았습니다. 저는 참 마음에 안 듭니다. 그러나 어쩌겠어요. 여러분도 기억해두세요. 벌레는 '반딧불이', 그 불은 '반딧불'이라는 것을.

012 안무와 춤

인형처럼 예쁜 아이돌 가수가 나와서 예쁜 모습, 예쁜 목소리로 이야기를 합니다. 안무에 신경을 쓰다 보면 노래를 잘할 수 없고, 노래에 치중하면 안무에 소홀해진다고.

가수가 노래하면서 안무를 하다니요. '안무'를 하는 게 아니라 '춤'을 추는 것입니다. 춤을 추는 걸 안무한다고 잘못 말하고 있는 것이지요. 아이돌 가수뿐이 아니고 거의 모든 연예인들이 '춤'과 '안무'를 혼동하고 있는 듯이 보입니다. TV에 나오는 연예인들마다 '안무, 안무' 하니 말입니다. 아마 '안무'를 '춤의 고상한 표현' 정도로, 혹은 전문적인 용어 정도로 잘못 알고 있는 듯싶습니다.

그러나 '안무'와 '춤'은 뜻이 전혀 다릅니다. '안무(按舞)'란 춤사위를 고안하고, 구상하고, 지도하는 등의 일을 가리킵니다. '춤'은 뜻을 따로 설명할 필요가 없겠지요?

'춤'의 한자어는 '무용(舞踊)'인데, '무(舞)'는 손으로 추는 춤을, '용(踊)'은 발로 추는 춤을 가리킵니다. 그러니까 무용, 즉 '춤'이란 손과 발을 이용하는 율동이라 할 수 있습니다. 하긴 요즘의 춤이야 전신을 이용하지만요.

'연출'과 '연기'가 다르듯이 '안무'와 '춤'은 다릅니다. 연출자가 연기를 지도하고 이에 따라 배우가 '연기'를 하듯이, 안무가는 춤 동작을

지도하고 가수는 '춤'을 추는 것입니다.

남이야 전봇대로 이를 쑤시든 말든 무슨 상관이냐고 하면 할 말은 없습니다. 그러나 우리말은 곧 우리들의 약속입니다. '밥'을 '법'이라고 하면 안 되듯이 '춤'을 '안무'라고 하면 안 되는 것입니다.

013 결재와 결제

우리말에 관심을 갖다 보면, 모음 'ㅐ'와 'ㅔ'의 발음이 청각적으로 잘 구분되지 않아 불편할 때가 많습니다. 중세어에서는 'ㅐ'는 '아이'로, 'ㅔ'는 '어이'로 발음되어 그런 문제가 없었는데, 근세로 오면서 이 두 모음이 단모음화하는 바람에 사용하는 데 다소 불편하게 되어 버렸습니다.

그 예로, 1인칭 '내'와 2인칭 '네'가 청각적으로 잘 구분이 되지 않아 급기야는 '너'나 '네'가 '니'가 되어버린 실정입니다. 그러나 우리말에 2인칭 대명사 '니'는 없습니다. '네'가 '내'로 혼동될까 봐 심리적으로 불안해지다 보니 '네' 대신 '니'를 쓰는 것뿐입니다.

'결재'와 '결제'도 그렇습니다. 발음도 다르고 한자도 다른데 제대로 구분해서 쓰는 사람이 오히려 드물 정도입니다. 상관에게 서류를 올려서 받아내는 건 결재(決裁)이고, 카드 대금 등을 갚는 것은 결제(決濟)입니다.

014 물샐틈없는

글을 쓰다 보면, 띄어쓰기가 참 어렵다는 생각이 들 때가 많습니다. 그래서 그런지 띄어쓰기 규정을 단순화하거나 허용 범위를 늘리자는 주장이 꾸준히 제기되고 있습니다.

둘 이상의 말이 합하여 이루어진 합성어의 경우나, 보조용언과 본용언의 경우는 띄어 쓰거나 말거나 별 문제가 안 되지만, 그게 관용어로 굳어진 경우라면 문제가 달라집니다. 어렵게 느껴지기 마련이라는 뜻입니다.

그 예로 '물샐틈없는'이라는 말을 바르게 띄어 쓰는 것은 생각처럼 그리 쉬운 문제가 아닙니다. 아리송하거나 난감하게 생각할 사람이 많을 것입니다.

그럼 다음 중에서 정답을 한 번 골라볼까요?

① 물 샐 틈 없는　② 물 샐틈 없는　③ 물 샐틈없는
④ 물샐 틈 없는　⑤ 물샐 틈없는　⑥ 물샐틈 없는
⑦ 물샐틈없는

어느 것을 고르셨어요? 학교 다닐 때 공부를 잘했던 사람일수록 ① 번을 많이 고르는 경향이 있지만 그건 틀렸어요.

자, 이제 이 말을 분석해볼까요?

'물이 새다 + 틈이 없다 → 물 샐 틈 없는'

이렇게 될 것 같지만 열쇠는 이 말이 '철저한, 완벽한'의 뜻으로 굳어진 '관용어'라는 데에 있어요. 그래서 정답은 ⑦번입니다. 띄어 쓰면 물이 새니까 앞으로는 띄어 쓰지 마세요.

하나만 더요, '띄어쓰기'는 붙여 쓰고 '붙여 쓰기'는 띄어 써야 합니다. 그 이유는 '띄어쓰기'는 문법용어로 굳어진 한 단어지만 '붙여 쓰기'는 그렇지 않기 때문이죠. 이런 건 웃자고 한 얘기고요, 정작 띄어쓰기를 조심해야 할 경우는 바로 이런 경우지요.

'큰 집'과 '큰집'. '큰 집'은 규모가 큰 집이고요, '큰집'은 종갓집이죠. '집 안'과 '집안'. '집 안'은 '집의 내부', '집안'은 '가문'이고요.

띄어쓰기를 잘못 하면 뜻이 달라지는 경우는 이 밖에도 많이 있습니다. 저 때문에 우리말이 더 어렵게 생각된다고요? 두고 보세요, 차츰 나아질 거니까요. 뭐니 뭐니 해도 아는 게 모르는 것보다는 낫다는 사실, 거기까지는 인정하시죠?

015 나루터와 나룻배

글을 쓰다 보면 사이시옷(ㅅ)을 써야 할지 말아야 할지 혼란스러울 때가 더러 있습니다. 이번에는 그걸 좀 이야기하려고요.

문법, 이거 본래 재미없어요. 게임도 아니고 스포츠 경기도 아닌데 재미가 있겠어요? 그러나 아시는 바와 같이 우리 삶이 어디 재미로만 되던가요? 조금은 싫고 귀찮아도 필요하니까 알아두자는 것이죠.

나루터 / 나룻배

뒤뜰 / 뒷마당

뒤처리 / 뒷정리

나무꾼 / 나뭇잎

눈치 빠른 사람은 벌써 아하! 하고 알아채고 있네요.

사이시옷은 말과 말 사이에 쓰게 되는데, 순우리말, 즉 고유어의 경우, 뒷말의 첫소리가 된소리이거나 거센소리이면 안 쓰도록 규정되어 있어요. 된소리란 ㄲ, ㄸ, ㅃ, ㅆ, ㅉ 등이고, 거센소리란 ㅋ, ㅌ, ㅍ, ㅊ 등이에요.

위의 예에서 '나루터, 뒤뜰, 뒤처리, 나무꾼' 등은 모두 두 단어가 합성된 말인데요, 뒤의 말, 즉 '터, 뜰, 처리, 꾼' 등은 모두 첫소리가 된소리나 거센소리여서 사이시옷이 필요 없습니다. 그러나 '나룻배, 뒷마당, 뒷정리, 나뭇잎' 등은, 뒤에 붙은 '배, 마당, 정리, 잎' 등의 초성이 모두 예삿소리니까 사이시옷이 필요한 것이고요.

유의해두시면 나중에 필요할 때가 있을 것입니다. 다시 한번 강조할게요. 고유어의 경우 뒷말의 첫소리가 거센소리, 된소리이면 사이시옷 쓰지 않습니다.

016 설레는 마음

설레이는 마음, 살을 에이는 듯한 바람, 비가 그치고 맑게 개인 날, 밤거리를 헤매이는 젊은이들……. 왜 그런지 모르겠습니다. 언제부터 시작되었는지도 모르겠습니다. 그냥 아무렇지도 않게 잘못 쓰고 있습니다. 이제는 공중파 방송의 자막조차도 이렇게 잘못 쓰고 있는 경우가 더러 보이고, 외국 영화의 한글 번역 자막은 더욱 그 예가 많습니다.

우리말 공부를 게을리한 사람이 자막 번역 일을 맡으면 안 될 것 같습니다. 그런 자막은 아이들도 많이 보는데 혹시 잘못 알고 따라 쓸까 봐 걱정이 됩니다.

위의 예문에서 '설레이는', '에이는', '개인', '헤매이는' 등은 모두 틀린 말입니다. '설레는 마음', '살을 에는 듯한 바람', '비가 그치고 맑게 갠 날', '밤거리를 헤매는 젊은이들', 이렇게 써야 합니다. 공연히 '-이-' 하나를 덧붙여서 틀리게 써야 할 이유가 없습니다.

아주 하찮게 느껴지고 조금은 짜증도 나겠지만, 그것을 참고 아주 조금만 관심을 가지는 일, 그게 바로 여러분의 품위 있는 언어생활을 도와줄 것입니다.

017 긴가민가

국가에 헌법과 법률이 있듯이, 스포츠에 규칙이 있듯이, 도로에 도로교통법이 있듯이, 말에도 일정한 규칙이 있습니다. 언어가 사회적 약속이니만큼 언어에 이런 규칙이 없다면 구약성서의 바벨탑 이야기처럼 우리들의 언어는 금방 혼란스러워지고 말 것입니다.

그러나 어디까지나 언어는 규칙 우선이 아니고 언어 대중의 선택이 우선입니다. 가령 언어 대중이 무지해서 옳지 않은 말임에도 불구하고 그 말을 폭넓게 써버리는 일이 생기면, 언젠가는 바로 그 '잘못 쓴 말'이 바른 말의 자리를 차지하게 됩니다.

'긴가민가하다'라는 말이 그렇습니다. 이 말은 본래 한자로 된 '기연(其然)가 미연(未然)가'에서 온 말입니다. '기연(其然)가 미연(未然)가'는 '그러한가, 그렇지 아니한가'의 뜻입니다.

그런데 한자에 어둡거나 무관심한 언어 대중이 '기연가미연가' 대신 '긴가민가(하다)'를 폭넓게 쓰다 보니, 지금은 '긴가민가하다'가 표준말의 자리를 차지하게 되고 한자어 '기연가미연가'는 자취를 감추게 된 것입니다.

018 흐지부지

'흐지부지'의 사전적 의미는 '끝을 분명히 맺지 못하고 흐리멍덩하게 넘겨버리는 모양'입니다. '말을 흐지부지 얼버무리다'와 같이 쓰이는 말이지요. 그런데 '흐지부지'는 한자어일까요, 고유어일까요. '지'나 '부'는 한자 같은데, 아무리 큰 한자 자전에도 '흐'라는 한자는 없습니다. 이쯤 되면 이 말은 원래부터 고유어인가 보다 하는 생각이 들게 마련입니다.

그러나 알고 보면 그게 아닙니다. 이는 '휘지비지(諱之秘之)'에서 온 말인데, '휘지비지'는 '숨기고 감추다'라는 뜻입니다. 그런데 이 말이 발음이 어려워서 그랬는지, 아니면 한자가 어렵거나 귀찮아서 그랬는지, '흐지부지'가 되고 말았습니다. 이렇게 되고 보니 영락없이 본래부터 고유어였던 것처럼 느껴지지요.

이와 같이 본래는 한자어였던 것이 음이 변하여 마치 본래부터 고유어인 것처럼 느껴지는 말들이 더러 있습니다. '사냥'은 한자어 '산행(山行)'에서 온 말이고, '과녁'도 한자어 '관혁(貫革)'에서 온 말이며, '가난'은 한자어 '간난(艱難)'에서 온 말입니다. 셋 다 뜻을 생각해보면 고개가 끄덕여집니다. 산에[山] 가야[行] '사냥'을 하고, 화살로 꿰뚫기[貫] 위한 가죽[革]판이 '과녁'이었으며, 삶의 어려움[간난]은 대부분 '가난'이었을 테니까요.

나는 이런 것들이 참 재미있는데 여러분은 전혀 그렇지 않나요? 아무튼 오늘 하루 흐지부지 보내지 마시고 부디 알차게 가꾸시기 바랍니다.

019 감기와 고뿔

한자어 '감기(感氣)'의 우리말은 아시는 대로 '고뿔'입니다. '코'가 중세어로 '고'였으니까 '고뿔'이라는 말에는 '코에 난 불'이라는 뜻이 담겨 있습니다. 이런 뜻을 생각하면 이 말은 코감기에 걸려본 사람들이 만든 말이겠다 싶습니다.

고(鼻) + ㅅ(사이시옷) + 불(火) → 고쓸 → 고뿔

중세에는 예삿소리였던 것이, 오늘날 된소리나 거센소리로 변한 예는 '고' 이외에도 많습니다. '갈치'를 한자로 도어(刀魚)라고 하는데, 이로 보아 '칼'이 옛날엔 '갈'이었음을 알 수 있습니다. '까마귀'도 옛날엔 '가마괴'였습니다.

한편, '코를 골다'의 '골다'도 '고(鼻)'의 '고다'에서 온 말입니다. '고다'에 'ㄹ'이 첨가되어 '골다'가 된 것이지요. 명사가 바로 동사의 어간처럼 활용되는 예는 '고'→'고다' 외에도 상당히 폭넓게 발견됩니다.

'안(가슴) → 안다', 'ㅤ품 → 품다',
'배(복부) → 배다(잉태하다)' '신 → 신다', '띠 → 띠다'

'고뿔'이 사라져가고 '감기'가 널리 쓰이게 된 현상은, 언중의 사랑을 받지 못한 고유어가 한자어에 자리를 내주고 만 대표적 예입니다. '뫼'가 '산(山)'에, '가람'이 '강(江)'에, '온'이 '백(百)'에, '즈믄'이 '천(千)'에, '슈룹'이 '우산(雨傘)'에 각각 자리를 내주고 사라진 것과 마찬가지입니다.

020 숟가락과 젓가락

숟가락과 젓가락은 우리가 매일 쓰는 물건인데도, 그게 왜 하나는 '숟가락'이고 또 하나는 '젓가락'일까요? 그 둘의 받침이 왜 서로 다를까요? 이런 걸 의아하게 생각해본 사람은 저 말고도 많이 계실 것으로 짐작합니다.

그건 이렇습니다.

술[匙] + 가락 → 숟가락	이틀 + 날 → 이튿날
며칠 + 날 → 며칟날	설 + 달 → 섣달
바느질 + 고리 → 반짇고리	삼일 + 날 → 삼짇날

벌써 눈치 채셨죠? 'ㄹ' 받침을 가진 말이 다른 말과 합성되면 그 'ㄹ' 받침이 'ㄷ'으로 변하는 현상이 있습니다. 물론 모두가 그런 것은 아닙니다.

'한 술 줍쇼' '첫술에 배부르랴' 등의 예에서 알 수 있듯이 오늘날의 '숟가락'은 본래 '술'이라는 말로 쓰였습니다. 거기에 '가락'이라는 말이 덧붙어서 오늘날의 '숟가락'이 되었는데, 그 과정에서 특정한 환경을 만나 'ㄹ'이 'ㄷ'으로 변한 것입니다.

그러나 젓가락은 전혀 그렇지가 않습니다. '저 + 가락 → 젓가락'

이 경우 ㅅ은 그냥 사잇소리입니다.

수저라는 말도 사실은

술 + 저 → (술저) → 수저

이 경우는 'ㄹ'이 'ㄷ'으로 변하는 대신 탈락되어 수저가 되었습니다. 의미 구조상, '이틀의 날', '설의 달'처럼 수식 관계가 아니고 '숟가락과 젓가락'의 대등 관계이기 때문에 그런 것이 아닌가 싶습니다.

그러니까 엄밀히 따지자면 수저라는 말은 숟가락과 젓가락을 아울러 가리키는 말이었습니다. 그랬던 것이 지금은 수저가 숟가락으로, 저는 젓가락으로 변한 것이지요. 왜냐고요? 그건 바로 언어 대중이 그렇게 사용했기 때문입니다.

021 시집가고, 장가들고

시집 또는 시댁은 시부모님의 집입니다. 요즘 신혼부부는 결혼 전에 신혼집을 마련하고 결혼을 하면 그 신혼집으로 들어가서 삽니다. 그러나 옛날에는 여자가 결혼을 하면 시집으로 갔습니다. '시집간다'라는 말은 여기에서 생긴 말입니다.

'시집'이라는 말은 얼핏 고유어처럼 들리지만 한자 '媤'와 고유어 '집'이 합성된 말입니다. 한자 '媤' 자도 우리나라에서 만들어진 글자입니다. 중국어에 없는 한자를 우리나라에서 만들어 쓴 예는 '媤' 외에도 더러 있습니다.

사람 이름에 주로 쓰이는 '돌(乭)' 자가 그렇고, '둘(乧, 㐘)' 자나 '놈(耆)'자도 국산 한자입니다. '乭, 乧, 㐘' 등은 우리말 'ㄹ' 받침 대신 한자 '乙'을 쓰고 있는데, '耆'은 우리 자음 'ㅁ'을 그대로 받침으로 쓰고 있어서 좀 우습습니다.

한편 '장가(丈家)가다'는 본래 '장가들다'였습니다. 그래서 한문으로도 '입장가(入丈家)'라고 썼습니다. 여기에서 '장가(丈家)'란 장인의 집을 뜻합니다. 그러니까 '장가든다'라는 말은 '장인의 집으로 들어간다'는 뜻이었지요.

지금과 달리 모계 사회였던 먼 옛날에는 남자가 혼인을 하면 장인의 집으로 들어가서 장인의 일을 도우면서 대략 3년 동안을 살았다고 합니다. 쉽게 말하면 3년간 '데릴사위'로 살았던 것이지요. 그러다가 아이가 생기면 그때에야 비로소 새 살림집을 마련하여 분가를 하였답니다.

그러니까 본래 시집은 가는 것이고, 장가는 드는 것이었습니다. 요즘의 말과는 다른 이런 어원이 참 재미있습니다.

022 눈시울과 입술

'입술을 다문 하늘아 들아……'

이상화 시인의 「빼앗긴 들에도 봄은 오는가」의 한 구절입니다. 봄 기운에 이끌려 들에 나왔지만 하늘도 들도 이전 같지 않습니다. 입술을 꼭 다물고 한마디 말도 하려 하지 않습니다. 이른바 '님이 침묵하던 시대'였으니까요. 입이 있어도 말을 못 하던 시대, 그래서 하늘과 들조차 입술을 다물어야 했던 시대. 이제 그런 시대는 간 지 오래.

그러나 정말 간 것일까요?

'시울'이란 말은 본디 '가장자리', '테두리'의 뜻을 지닌 고유어입니다. 똑같은 '가장자리', '테두리'라는 의미인데도 하나는 '입술'이고 다른 하나는 '눈시울'입니다. 15세기 문헌인 훈민정음에도 '입시울'이라는 말이 나옵니다. '입시울'이 '입슐'이 되고, '입슐'이 다시 '입술'이 되어 오늘날까지 쓰이고 있습니다. 그러나 웬일인지 '눈시울'은 '눈슐'을 거쳐 '눈술'로 진화(?)하지 않고 '눈시울' 그대로입니다. 똑같은 '가장자리'의 뜻인데 왜 하나는 변하고 다른 하나는 변하지 않았을까요?

생태계를 봐도 부지런히 진화하여 모습이 몰라보게 변하는 놈이 있는가 하면, 몇천, 몇만 년이 지나도 태초의 모습 그대로 살아가는 놈도 있습니다. 언어도 생태계를 닮아 그런 건 아닐까요?

다시 한번, 언어에도 생명이 있음을 확인하게 되는 순간입니다.

023 시치미 떼기

'시치미 떼기'란 본래 못된 '매잡이'들이 하던 짓이었습니다. '시치미'란 조그만 뿔 조각에다 매 주인의 이름과 주소를 새긴 꼬리표인데, 매의 임자를 알리기 위해 꼬리 깃털 사이에 묶어두던 물건이었습니다.

매를 길들여서 꿩이나 토끼 따위를 사냥하는 일이 조선 말기까지만 해도 상당히 보편화되어 있었던 모양입니다. 그러니까 오늘날로 보면 엄연히 하나의 직업이랄 수도 있겠는데, 소설가 이청준은 「매잡이」라는 소설을 쓰기도 했습니다. 하긴 남이 맞을 매를 대신 맞아주는, '매품팔이'라는 직업도 있던 때였으니까요.

매사냥을 하다 보면 매의 주인들끼리 시비도 생겼겠지요. 사람 사는 세상이란 게 예나 이제나 다 그런 것 아닌가요. 가령, 어떤 매가 꿩을 덮쳐서 잡았는데 이를 먼저 발견한 엉뚱한 사람이 그만 욕심이 생겼습니다. 그래서 꿩 잡은 매의 '시치미'를 떼어버리고 자기 매라고 우겨댑니다. 바로 여기에서부터 '시치미를 뗀다'는 말이 근거나 단서를 없앤다는 뜻으로 쓰이게 되었고, 그 의미가 차츰 확대된 것입니다.

그러고 보면 우리 민족의 '시치미 떼기'는 그 뿌리가 상당히 깊다 싶습니다. 뿌리가 깊은 만큼 좀처럼 뽑히지 않겠다 싶어 조금 우울해지기도 합니다. 크거나 작거나 책임 질 건 책임지는 사회, 그런 사회가 바로 선진 사회 아니겠는지요.

024 갈등

우리는 갈등의 시대에 살고 있습니다. 어쩌면 우리의 삶 자체가 갈등인지도 모릅니다. 국가와 국가 사이의 갈등, 이념적 갈등, 빈부 간의 갈등, 세대 간의 갈등, 가치관의 갈등, 지역 간의 갈등, 이른바 젠더 갈등, 개인의 내면적 갈등까지를 생각하면 우리는 실로 수많은 갈등 속에서 살아갑니다.

'갈등(葛藤)'은 '칡 갈(葛)' 자에 '등나무 등(藤)' 자를 씁니다. 칡덩굴이나 등나무나 다른 나무를 휘감고 올라가는 식물입니다. 그러다 보니 이 두 놈이 만난다면 얽히고설킬 것은 불을 보듯 뻔합니다. '갈등'이라는 말은 바로 이처럼 얽히고설킨 '칡과 등나무'라는 말에서 유래한 말입니다.

갈등이 없는 날, 갈등이 없는 세상이 빨리 왔으면 참 좋겠습니다. 기온이 하루가 다르게 내려가고 있습니다. 릴케의 시구던가요?

'집이 없는 사람은 이제 집을 짓지 않습니다.'

이렇게 추운 겨울이 오면 왠지 그 시가 자꾸 떠오릅니다.

025 낭패

잔뜩 찌푸린 날씨, 몹시도 스산한 날씨. 거리의 걸음들, 모두 종종 걸음입니다. 아침에 건너온 한강물도 차가운 느낌뿐이었습니다. 이렇게 추워지면 따스한 체온이 그리워지는 법. 그래서 그런가, 주말이면 어김없이 결혼 청첩장이 기다리고 있습니다.

맞선을 보려고 곱게 단장하고 길거리에 나선 한 아가씨, 물웅덩이를 달리던 트럭 때문에 그만 시커먼 물벼락을 맞고 맙니다. 약속 시간이 빠듯하니 옷을 갈아입으러 갈 시간도 없어 발만 동동 구릅니다. 이런 낭패가 있나. 이럴 때 우리는 '이런 낭패가 있나'라고 말합니다.

낭패(狼狽), '이리 랑(狼)' 자에 '이리 패(狽)' 자를 씁니다. 그러나 여기에 쓰인 낭(狼)이나 패(狽)는 보통의 이리가 아닙니다. 용(龍)이나 봉(鳳)처럼 둘 다 상상의 동물인데 아주 불쌍한 놈들입니다. 한 놈은 앞다리가 없고 또 한 놈은 뒷다리가 없어서, 두 놈이 합체를 해야 비로소 다른 동물처럼 걸을 수 있는, 아주 불쌍한 놈들이랍니다.

그 결합체가 도대체 어떤 모습일지 잘 상상이 안 됩니다. 상상은 잘 안 되어도 그게 대단히 낭패스러울 것이라는 점만은 충분히 짐작이 갑니다. 이런 낭패가 있나. 우리들의 일상에 이런 낭패만 없어도 다행이다 싶습니다.

026 완벽

언제부터인지 '완전하다' 대신 '완벽하다'를 쓰는 사람들이 빠른 속도로 늘어나고 있습니다. 그런데 알고 보면 꼭 그래야 할 이유도 없고 또 그렇게 써도 될 만큼 단순하거나 쉬운 말도 아닙니다.

'완벽(完璧)'은 본래 '완전한 구슬'을 뜻하는 명사로, '아무런 흠도 없는 값진 것'을 가리키는 비유어였습니다. 그리고 '완벽하다'는 뒤늦게 명사 '완벽'에서 파생된 형용사입니다. 그런데 원래의 말, '완벽'에는 꽤 긴 배경 고사가 숨어 있습니다.

이야기는 멀리 기원 전 중국의 전국시대로 거슬러 올라갑니다. 전국시대란 진(秦), 초(楚), 연(燕), 제(齊), 한(韓), 위(魏), 조(趙)의 일곱 나라, 즉 칠웅(七雄)이 패권을 다투던 시대를 가리킵니다.

약소국 조나라에는 '화씨벽(和氏璧)', 즉 '화씨구슬'이라는 진귀한 보물이 있었는데 강대국이던 진나라 소양왕은 그 구슬이 탐이 났습니다. 조나라에 사신을 보내 자국의 15개 성과 그 구슬을 바꾸자고 제안했습니다. 물론 구슬만 받고 성은 내주지 않을 심산이었지요.

이 제안을 받은 조나라에서는 오랜 걱정과 의논 끝에 인상여라는 사신을 진나라에 보내기로 하였습니다. 인상여는 그 구슬을 가지고 떠나면서, 구슬을 흠집 하나 없이 가지고 돌아오겠다고 다짐하였습니다.

구슬을 본 소양왕은 감탄만 할 뿐, 성을 주겠다는 말은 없었습니다. 이에 인상여는 그 구슬에 흠집이 있다면서 알려드리겠다고 했고, 소양왕은 의심 없이 구슬을 인상여에게 넘겨주었습니다. 인상여는 구슬을 머리 높이 들고 던질 듯한 자세로 말했습니다.

"진나라는 천하의 강대국입니다. 임금께서 성(城)을 내주지 않아도 조(趙)나라에서는 아무 말도 못 할 것입니다. 그렇지만 저는 성을 받지 못한다면 이 구슬과 함께 기둥에 머리를 박고 산산조각이 나겠습니다."

결국 소양왕은 인상여를 물러가도록 허락했고, 결국 '화씨의 구슬'은 완전무결한 모습, 즉 완벽(完璧)으로 되돌아올 수 있었습니다. 여기에서 생긴 말이 '완전한 구슬', 즉 '완벽(完璧)'입니다.

우리가 아무 생각 없이 즐겨 쓰는 단어 뒤에 이렇게 긴 사연이 전해지고 있는 경우도 더러 있습니다.

027 백미

여럿 가운데서 가장 뛰어난 것을 백미(白眉)라고 합니다. 흰 백(白), 눈썹 미(眉). 백미, '흰 눈썹'이 어쩌다가 '가장 뛰어난 것'의 뜻을 지니게 되었을까요.

그건 바로 이런 고사 때문입니다. 『삼국지(三國志)』를 보면, 이런 이야기가 나옵니다. 제갈량과도 친교를 맺었던 마량(馬良)은 형제가 다섯이었습니다. 다섯 형제는 모두, 이름 대신 쓰는 자(字)에 '상(常)' 자가 붙어 있어서 세상 사람들은 그들 형제를 가리켜 '마씨오상(馬氏五常)'이라 불렀습니다. 그런데 이들 형제가 모두 재주가 뛰어났으나 그 중에서도 마량이 가장 뛰어났고, 그 마량은 어려서부터 흰 눈썹을 지니고 있었답니다. 이때부터 같은 또래, 같은 계통의 많은 사람 중에서 가장 뛰어난 사람을 '백미'라 부르게 되었는데, 지금은 사람뿐만 이 아니라 뛰어난 작품을 이야기할 때조차도 '백미'라 부르게 된 것이랍니다. 이 이야기는 『삼국지』「촉지 마량전(蜀志馬良傳)」에 그 유래가 전해지고 있습니다.

우리말 가운데 한자 성어는 대부분이 고대 중국의 고사와 관련되어 있습니다. 우리는 어쩔 수 없이 한자 문화권에 살고 있다는 말이 실감이 나는 순간입니다.

028 이판사판

이럴 수도 저럴 수도 없는 막판의 상황을 '이판사판'이라고 합니다. 요즘 나라꼴을 보면 문자 그대로 '이판사판'의 형국으로 치닫는 것 같아 답답하고 안타깝기 짝이 없습니다.

신라 천 년, 고려 오백 년, 우리나라는 무려 천오백 년 동안 불교국가였습니다. 그래서 조선 초의 억불숭유(抑佛崇儒) 정책은 승려들을 '이판사판'의 궁지로 내몰기에 충분했습니다.

'이판사판'이란 원래, '사찰을 존속시키는 일'과 '불법(佛法)의 맥을 잇는 일'을 아울러 일컫는 긍정적인 의미였습니다. 일부 승려들은 절을 없애는 폐사(廢寺)를 막기 위해 일을 하여 사원의 유지에 헌신했고, 또 다른 승려들은 속세를 피해 은둔하면서 참선과 독경으로 불법을 잇기 위해 애썼습니다. 전자를 사판승(事判僧), 또는 산림승(山林僧)이라 했고, 후자를 이판승(理判僧), 또는 공부승(工夫僧)이라 했습니다.

둘 다 당연히 특징이 있게 마련이었는데, 사판승 중에는 교리(敎理)에 어두운 범승(凡僧)이 많았고, 이판승들은 교리 공부에만 치중하다 보니 불교의 외형적 발전에는 큰 기여를 하지 못했습니다. 그러나 둘은 상호 보완의 관계에 있었습니다. 폐사를 막음으로써 사찰의 명맥을 이은 것은 사판승의 공로이며, 부처님의 혜광(慧光)을 전하고 불법을 이은 것은 이판승의 공로였기 때문입니다.

뉴스를 접할 때마다 얼굴을 찌푸리게 하는 수많은 싸움과 갈등을 봅니다. 이제 우리 사회도 '이판사판', 그 본래의 지혜로 갈등을 극복할 때도 되지 않았나 싶습니다.

029 야단법석

여러 사람이 시끌벅적하게 떠드는 모양을 표현할 때 '야단법석'이라는 말을 사용합니다. 이 말은 지금은 고유어처럼 굳어가고 있지만 원래 한자어로 '야단법석(野壇法席)'이라고 씁니다.

'사냥'이 한자어 '산행(山行)'에서 왔듯이, '과녁'이 한자어 '관혁(貫革)'에서 왔듯이, 그리고 요즘 제맛이 난다는 '과메기'가 눈을 꿰어서 말린 물고기라는 '관목어(貫目魚)'에서 왔듯이, 이젠 자연스럽게 고유어로 자리를 잡아가고 있습니다.

'야단(野壇)'이란 '야외에 세운 단'이라는 뜻이고, '법석(法席)'은 '불법을 펴는 돗자리'라는 뜻입니다. 그러니까 '야단법석'은 '야외에 돗자리를 펴고 앉아 부처님의 말씀을 듣는 자리'라는 뜻입니다.

옛날 절에서는 법당이 좁아 많은 사람들을 다 수용할 수 없을 때 야외에 단을 펴고 법회를 열기도 했습니다. 석가모니께서 실내가 아닌 영취산에서 단을 펴고 설법을 할 때에는 무려 3백만 명이나 모였다는 기록도 있습니다.

사람이 많이 모이다 보니 질서가 없고 시끌벅적하고 어수선하게 마련입니다. 이처럼 경황이 없고 시끌벅적한 상태를 가리켜 비유적으로 쓰이던 말이 일반화되어 일상생활에서 널리 쓰이게 된 것입니다.

한편, 이 말의 어원을 '야단법석(惹端法席)'으로 보는 견해도 있습니다. 대사(大師)의 설법(說法)을 듣는 엄숙한 자리에서 무슨 괴이한 일의 '단서(端緖)'가 '야기(惹起)'되어 매우 소란한 형국이 되었다는 의미로, '야단법석(惹端法席)'이라는 말을 사용하게 되었다는 해석입니다.

030 부질없는 일

어떤 일에 대한 기대가 헛된 것이었음을 알았을 때, 가령 한국 축구에 대한 기대가 허무하게 무너졌을 때, 우리는 이렇게 말하곤 합니다. '다 부질없는 일인 것을.'

우리는 신이 아니고 사람인지라 늘 이런 시행착오를 겪곤 합니다. 아픔을 겪기 전에 미리 알면 좋으련만 겪은 뒤에야 비로소 우리는 말하죠. '다 부질없는 일인 것을.'

아픈 만큼 성숙해진다고 했던가요, 우리는 대체로 아픔을 겪은 후에야 깨닫곤 합니다. 그러나 알고 보면 아픔은 한 번으로 끝나는 게 아닙니다. 그다음엔 늘 새로운 시행착오가 기다리게 마련이니까요.

그건 그렇고요, 옛날 대장간에서는 단단한 쇠를 얻기 위해 쇠를 불에 달구어서 두드리다가 물에 담갔다 하기를 여러 번 반복했답니다. 횟수를 거듭할수록 더욱 단단한 쇠가 만들어졌다고 합니다. 이것을 '불질', 혹은 '담금질'이라고 했습니다. 한자어 '단련(鍛鍊)'이 바로 이런 뜻입니다. 불질을 하지 않은 쇠는 물렁물렁하고 쉽사리 휘어져서 단단한 쇠를 원하는 사람들에겐 쓸모가 없었지요. 그래서 '불질없다'라는 말은 '아무 쓸모 없는 짓을 했다'의 뜻을 지니게 되었습니다. 이 '불질없다'의 '불'에서 'ㄹ'이 탈락하여 '부질없다'가 된 것이고요. 그 유래를 알고 쓰면, 모르고 쓸 때보다 그 맛이 쫄깃쫄깃합니다.

031 우리들의 십팔번

노래방이나 회식 자리에서 노래를 하게 될 때 자주 듣는 말 중에 '십팔번'이라는 말이 있습니다. '일번'도 아니고 '십번'도 아니고 하필이면 왜 십팔번인지 의아할 때가 있었을 것입니다.

이 말은 일본의 전통 연극인 '가부키'에서 유래한 말입니다. 여러 장(場)으로 구성되어 있는 가부키에서는 장(場)이 바뀔 때마다 막간극을 공연했다고 합니다. 17세기 무렵 이치가와 단주로라는 가부키 배우가 막간극 중에 크게 성공한 18가지 기예를 정리했는데, 18가지 기예 중에 18번째 기예가 가장 재미있다고 하여 '십팔번'이라는 말이 자주 쓰이게 되었다고 합니다.

이런 유래를 지닌 '십팔번'이라는 말이 우리나라로 건너와 가부키의 '가' 자도 모르는 언중에 의해 주로 '애창곡'의 뜻으로 널리 쓰이고 있으니, 전후 사정을 알고 보면 조금 씁쓸합니다.

『일본어투 생활용어 순화집』에서는 이 말 대신 '단골 노래'란 말을 쓰도록 권하고 있는데, 이 말이 주로 노래 부를 때 사용된다는 점을 감안하면, 비록 한자어이긴 하지만 '애창곡'이라는 말이 더 친숙하지 않을까 싶습니다.

남들이 다 쓰니까 덮어놓고 나도 쓰는 일, 썩 바람직한 일은 아니다 싶습니다. 특히 일본에서 유래한 말은 더욱 그렇습니다. 그것은 우리가 필요해서 자발적으로 쓰기 시작한 것이 아니고 대체로 강제로 사용하게 된 말이기 때문입니다.

이런 점을 생각할 때 민족 정서상 꺼림칙하지 않을 수 없는 '십팔번'이라는 말, 이제 제발 그만 썼으면 좋겠습니다.

032 나무아미타불

나무아미타불[南無阿彌陀佛], 나무관세음보살[南無觀世音菩薩]

아미타불은 무량수불(無量壽佛), 또는 무량광불(無量光佛)로서 서방정토(西方淨土)에 살며 인간의 구제에 진력하는 불타라고 합니다. 그래서 불교에서는 '나무아미타불'을 진심으로 염(念)하면 극락세계에 왕생(往生)한다고 가르치고 있답니다. 사극에 등장하는 스님이나 보살이 입만 열면 '나무아미타불' 하던 것이 이해가 됩니다.

관세음보살도 중생의 구제자로 인식되고 있는데, 관세음보살은, 인간뿐만이 아닌 지옥 · 아귀 · 축생 · 아수라 · 천상 등을 포함한 육도(六道) 중생의 구제자로 알려져 있습니다.

저는 불교 신자도 아니고, 불교에 대해서 아는 것도 없습니다. 제가 말하고자 하는 것은, 아미타불이나 관세음보살이 아니라 '나무[南無]'라는 말입니다. 저는 처음 이 한자를 보고, '남무(南無)라니, 남쪽에는 없다? 뭐가 없다는 말인가? 남쪽에는 관세음보살님이 없다? 그것, 참 이상하네?' 이랬습니다. 혹시 저처럼 아직도 이런 분이 계신다면 이 글을 쓰게 된 이유를 알 것입니다.

단적으로 말하면, '남무(南無)'를 한문으로 이해하려는 데서 문제가 생긴 것입니다. '나무[南無]'는 표기 자체는 한자이지만 실은 한자가 아니고 '귀의(歸依)하다'라는 뜻의 산스크리트어랍니다.

산스크리트어는 고대 인도어로, 범어(梵語)라고도 하는데, 불경이 원래 범어로 기록되어 있었다고 합니다. 그런데 불교가 중국에 유입되면서 범어의 음을 자신들의 한자로 기록하게 되었는데, 그러다 보니 겉은 한자, 뜻은 산스크리트어 그대로가 된 것이지요.

'나무아미타불'은 '아미타불님께 귀의합니다.' '나무관세음보살'은 '관세음보살님께 귀의합니다.' 뭐, 이쯤 되는 것이지요.

그것도 모르고 남쪽에 관세음보살이 없다고 생각한다면 관세음보살님이 웃겠지요?

'나무관세음보살~!'

033 자린고비

경제가 어렵다고 야단들입니다. 물가는 오르고, 실업자는 늘고, 우리나라의 거의 유일한 살길인 수출도 인접국에 점점 잠식당하고 있습니다. 이럴 때 우리 같은 서민들이 할 일이라고는 허리띠를 졸라매는 일뿐입니다. 두 푼 쓸 곳에 한 푼만 쓰는 절약 정신이 이 시대를 살아내는 유일한 지혜라는 것을 깨닫게 됩니다. 그러다 보니 추석상에 올릴 제사 음식조차 인색해질 수밖에 없습니다. 너도 나도 '자린고비'가 되어야 이 불황의 터널을 견딜 수 있습니다.

자린고비. 자린고비는 대체로 인색한 사람을 가리키는, 다소 부정적인 어감의 말입니다. 이 자린고비의 어원은 크게 두 가지로 압축됩니다.

그 하나는 충북 음성의 조륵이라는 사람의 이야기에서 유래하였습니다. 조륵은 워낙 인색해서 소금에 절인 굴비를 매달아놓고 밥 한 숟가락 먹고 굴비 한 번 쳐다보고, 애들이 두 번 쳐다보면 짜다고 야단치고 그랬답니다. 그 소금에 '절인 굴비'가 소리가 변해서 '자린고비'가 되었다는 설인데, 그럴싸하고 재미있습니다.

다른 하나 역시 충청도의 어느 인색한 부자 이야기에서 유래하였습니다. 매년 부모님의 제사를 지내는데, 매년 써 붙이고 끝나면 불살라버리는 부모님 제사상의 지방이 아까워 기름이 밴 지방을 보관

해두었다가 제사 때마다 다시 꺼내 썼다고 합니다.

지방을 쓸 때 '고(考)'는 돌아가신 아버지, '비(妣)'는 돌아가신 어머니를 뜻합니다. 그래서 '고비'는 돌아가신 부모님, 즉 '지방'의 뜻으로 풀이됩니다. 그러니까 기름에 절인 지방인 '절인 고비'가 역시 음이 변하여 '자린고비'가 되었다는 설인데요, 역시 그럴싸합니다.

민간 어원이라는 것이 본래 까마득한 옛이야기를 재구성하는 것이어서 그 어느 것도 완전한 것이라고 주장할 수 없다는 한계를 지닙니다. 그래서 민간 어원은 비과학적이라는 것이 통설입니다. 재미로 보면 굴비 이야기가 더 나아 보이고, '고비'를 중시하자면 지방 이야기가 더 그럴싸하지만 돌아가신 부모를 '고비'라고 했다는 이야기는 처음 듣습니다. 둘 중 더 널리 알려진 것은 소금에 절인 굴비 이야기인 것이 맞습니다.

눈부시게 아름다운 계절이 다가오고 있습니다. 자린고비 이야기는 잊어버리고 저 가을 하늘 같은 좋은 날 누리시기 바랍니다.

034 조바심

생각해보면 우리의 삶은 조바심의 연속입니다. 가진 사람은 가진 것을 잃을까 봐 조바심하고, 못 가진 사람은 원하는 것을 가지려고 조바심합니다. 사랑하고 있는 사람은 사랑을 잃을까 봐, 사랑하고 싶은 사람은 상대의 마음을 못 잡아서, 공부하는 학생이 있는 집에서는 성적이 안 올라서, 병약한 아이의 부모는 아이의 건강 때문에 조바심합니다. 자식 둔 부모는 너나없이 남들처럼 뒷바라지를 못 해 조바심합니다. 국회의원들은 상대 당에 질까 봐, 장사하는 사람은 손해를 볼까 봐 조바심합니다. 실직자들은 직장을 얻으려고, 직장인들은 떨려나지 않으려고 조바심합니다. 직위가 낮은 사람은 높아지려고, 높은 사람은 밀려나지 않으려고 조바심합니다. 바라지 않는 일이 일어날까 봐, 또는 바라는 일이 제대로 되지 않을까 봐 안달이 나거나 불안해하는 것, 이것이 조바심의 사전적 의미입니다.

조바심의 어원은 이렇습니다. '조'는 곡식의 한 종류이고 '바심'은 '타작'을 뜻합니다. 그러니까 '조바심'은 '조를 타작하는 일'입니다. 그런데 조는 귀가 질겨서 어지간한 정도로는 떨어지지 않습니다. 많은 노력을 기울여서 바심해야 조금씩 떨어진다고 합니다.

그래서 무척 초조하고 불안해하는 것을 '조바심'이라 하고 또 이를 활용하여, '조바심하다'라고 쓰게 되었다고 합니다.

035 을씨년스러운 날

물가는 오르고 임금은 그대로라서 민초들의 삶은 늘 팍팍하기만 합니다. 실업자는 늘고 있으며 물가는 천정부지로 뛰고 있고 입시 정책은 이랬다저랬다 갈팡질팡, 학교 등급제를 실시했느니 안 했느니, 감사를 하느니 마느니 하루도 조용할 날이 없습니다.

저 같은 소시민도 가끔은, 정말이지 이민이라도 가고 싶다는 생각이 간절하게 드는 것을 어쩔 수가 없습니다. 정말 을씨년스럽기 짝이 없습니다.

을씨년스럽다. 사전은 이를 '날씨 따위가 스산하고 썰렁하다'라고 풀이하고 있습니다. 그런데 이 말은, 오래전 을사년의 '을사늑약'에서 유래한 말이랍니다. 1905년 을사년 11월 17일, 일본이 한국의 외교권을 박탈하기 위하여 강제로 체결한 이른바 을사보호조약, 을사늑약에서 생긴 말입니다.

시시각각 기울어가는 국운을 보고 국민들 마음이 좋았을 리가 있었겠습니까? 그래서 마음이나 날씨가 어수선하고 흐린 것을 '을사년스럽다'라고 하게 되었고, 이 말이 민간에서 음이 변하여 '을씨년스럽다'가 된 것이랍니다.

오늘도 을씨년스러운 이야기로 여러분 마음을 을씨년스럽게 한 것은 아닌지, 매우 조심스럽습니다.

036 얼레리꼴레리

장마가 끝나서 그런지, 태풍이 뜨거운 기운을 밀어 올려서 그런지, 더위가 슬슬 기승을 부리기 시작합니다. 기온이 날마다 최고치를 경신하고 있습니다. 이런 계절에 가장 주의해야 할 것은 건강의 균형을 잃지 않는 것, 건강을 건강한 상태로 유지하는 것, 바로 이것이다 싶습니다.

이런 여름날 아침에 느닷없이 웬 '얼레리꼴레리' 타령이냐고 나무라실 분이 많을 줄 압니다. 어느 글을 읽다가 재미있어서, 여러분에게도 그 재미를 배달하고 싶어서, 옮기는 것뿐이니 이해해주시기 바랍니다.

아이들끼리 놀다가 상대방을 놀릴 때 쓰는 이 '얼레리꼴레리'는, 어린 벼슬아치를 놀렸던 말에서 유래하였답니다. '얼레리꼴레리'의 표준어는 '알나리깔나리'인데 이는 놀랍게도 사전에도 버젓이 올라 있습니다. 이 '알나리깔나리'가 민간에서 음이 변하여 '얼레리꼴레리'가 된 것입니다. 그렇다면 '알나리깔나리'는 또 어디서 온 말일까요?

그것은 이렇습니다. '알나리'의 '알'은 '알바가지, 알요강, 알항아리' 등에 보이는 '알-'과 같이 '작은'의 뜻을 더하는 접두사로 볼 수 있습니다. 그리고 '나리'는 물론 '지체가 높거나 권세가 있는 사람'의 뜻이고요. 이렇게 볼 때, '알나리'는 '나이 어리고 키 작은 나리'라는 뜻쯤 됩니다.

조선 시대에는 실제로 나이가 어리고 키가 작은 사람이 벼슬을 할 경우, 놀리는 말로 '알나리'가 쓰였다고 합니다. 나이 든 아전들이 새로 부임한 어린 벼슬아치를 나이도 어리고 경험이 없다 하여 놀림조로 부른 말이 '알나리'였던 것입니다. 능구렁이 같은 하위직 벼슬아치들의 능청맞은 심술이 눈에 보이는 듯합니다.

한편 '깔나리'는 '알나리'에 운(韻)을 맞추기 위한 말로 별다른 의미는 없습니다. 그런데 '알'에 운을 맞추는 데 굳이 '깔'을 이용한 의미론적인 이유는, '알나리'의 '알'을 암탉이 낳는 '알'로 생각하고, '알을 까다'에서 어울리는 동사 '까다'를 연상하였기 때문으로 추정됩니다.

아이들이 서로 놀리는 말, '얼레리꼴레리'는 '알나리깔나리'라는 표준어가 변한 것이고, 이 '알나리깔나리'는 어린 나이에 벼슬한 나리를 놀리는 말이었다는 사실, 재미있지 않습니까?

그러나 '얼레리꼴레리'는 물론이고, 표준어인 '알나리깔나리'조차도 그리 점잖은 말은 아닌 듯싶어서, 어른들은 물론 아이들이 사용하기에도 그리 적절해 보이지 않은 것 같습니다.

037 땡전 한 푼

바람이 불고 날씨가 찹니다. '땡전' 한 푼이 없어 굶는 사람들, 돌아갈 집이 없어 거리를 배회하는 사람들, 배회하다 도심의 지하도에서 새우잠을 청하는 사람들.

따뜻한 방 안에서, 입에 맞는 반찬을 놓고 배부르게 밥을 먹는 제 자신이 문득 죄스러워지기도 합니다. 도둑질한 밥도 아니고 부정하게 번 밥도 아니건만 추운 사람들, 배고픈 사람들을 생각하면 내가 죄인이 아닌지 되돌아보게 됩니다.

땡전 한 푼, 땡전. 땡전의 어원은 '당백(當百)전'이랍니다.

대원군이 집권하던 1866년경, 군비도 모자라고 국고도 텅텅 비어 궁여지책을 씁니다. 당시 통용되던 상평통보의 '백 배 가치를 지닌 화폐', 즉 일당백의 화폐, '당백전(當百錢)'을 발행하게 되었는데 그게 바로 훗날의 '땡전'이 된 것입니다.

당면한 국가재정 문제를 해결하기 위해 야심차게 발행한 이 화폐가 민간에서 호응을 얻지 못하고, 가짜 돈도 많이 나와서 의도와는 다르게 실패작이 됩니다. 화폐 가치는 날로 하락하고 인플레이션도 심해져서 백 배 가치여야 할 동전이 여섯 배 정도로까지 가치가 떨어졌다고 합니다. 그래서 비하하는 뜻으로 '당백전'을 '땡전'으로 부르게 되었다는 이야기입니다.

알고 보면 이른바 당백전은 그 시절에만 있었던 것이 아닙니다. 현대에도 모양새만 조금 다를 뿐 새로운 당백전들이 이어지고 있습니다. 정치의 이상 형태로 회자되는 '요순지치(堯舜之治)'는 백성들이 왕의 존재 자체를 의식하지 못하는 평화로운 상태라고 합니다. 우리는 언제쯤 그와 비슷하기라도 한 정부를 바라볼 수 있을까요?

038 쥐뿔도 모르면서

'쥐뿔도 모른다'라는 말은 '아무것도 모른다'는 뜻입니다. 이 말에도 재미있는 민간어원 하나가 전해지고 있습니다. 옛날에 한 노인이 볏짚으로 날개(이엉)를 엮고 있었는데, 어린 쥐 한 마리가 배가 고픈지, 왔다 갔다 하더랍니다. 볏짚에서 떨어지는 나락을 주워 먹으려고 날개 엮는 노인의 주변을 맴돌았던 것이지요. 이를 본 노인은 볏짚에 붙어 있는 벼를 훑어서 주곤 했습니다. 이런 일이 되풀이되면서 노인과 쥐가 친해지고, 어린 쥐는 점점 자라서 강아지만큼 커지게 되었습니다.

그런데 어느 날 이 커다란 쥐가 노인으로 둔갑을 해서 가족들을 속이고 진짜 노인을 집에서 내쫓았답니다. 노인의 모든 면을 노인 자신보다 더 잘 알고 있는 요망한 쥐에게 노인의 처자식조차도 모두 속아 넘어갔습니다. 이 쥐는 요즘 말로 말하자면 도플갱어(doppelganger, 복제 분신)가 되었던 셈이지요.

바로 이런 요망한 존재로의 변신을 우려하여 우리 선인들은 가축을 오래 키우지 말라는 교훈도 지키면서 살았다고 합니다. 계불삼년(鷄不三年), 구불칠년(狗不七年)이라는 교훈이 그것인데요, 닭은 3년 이상 키우지 말고, 개는 7년 이상 키우지 말라는 것이었습니다. 가축을 너무 오래 키우면 그 가축이 어느 순간 요물이 되어 인간의 영역을 넘보고 침범한다고 믿었다고 합니다. 키우던 닭이나 개를 고기가 질겨지기 전에 잡아먹기 위한 명분이었는지, 아니면 실제로 그런 황당한 일이 일어난 예가 있었는지는 확인할 길이 없습니다. 애완동물을 그 수명이 다할 때까지 애지중지 키우다가 늙어서 죽으면 장례식까지 성대하게(?) 치러주는 요즘 사람들이 보면 놀라 자빠질 이야기이지만, 그런 기록이 실제로 전해지고 있습니다.

그건 그렇고요, 집에서 쫓겨나 이리저리 걸식하면서 떠돌아다니던 노인은 어느 절에서 이름난 스님을 만나 사연을 이야기하고, 자신의 딱한 사정을 풀어줄 방책으로 고양이 한 마리를 얻었습니다. 몇 해 만에 다시 집으로 돌아온 노인은 그 고양이를 풀어서 마침내 요망한 쥐를 잡았습니다. 그리고 집안 식구들을 불러 한바탕 야단을 친 다음 아내를 따로 불러서, 더욱 큰 소리로 야단을 쳤다고 합니다. '지금까지 쥐뿔도 모르고 함께 살았느냐?'라고요. 이 민담은 지역에 따라 내용이 조금씩 다르기는 해도 꽤 널리 전해지고 있습니다.

여기서 '쥐뿔'은 쥐의 '불', 즉 쥐의 '고환'을 가리킵니다. '쥐의 불×'이 '쥣불'이 되고 다시 '쥐쌀'이 되었다가 오늘날의 '쥐뿔'로 변한 것입니다. 한편, 쥐의 '불'(고환)이 작을뿐더러 몸 안에 감추어져 있어서 잘 안 보인다는 데서 유래했다는 설도 있습니다. 어쨌든 한 가지 확실한 것은 '쥐뿔'은 '쥐의 불×'을 가리키고 이는 '아주 작고 하찮은 것'의 뜻으로 쓰인다는 사실입니다.

만약 남에게 "쥐뿔도 모르면서."라는 말을 듣는다면 누구라도 기분이 좋을 리가 없을 것 같습니다. 따라서 이런 말은 유래나 뜻은 알고 있되 즐겨 쓸 말은 아니라고 생각합니다. 그리고 이런 민간 어원은 과학적 근거가 없어서 그대로 믿기 어렵다는 것도 한 번 더 강조해둡니다.

039 양치질 이야기

이, 치아, 이빨.

'이'는 보통 말, '치아(齒牙)'는 높임말, '이빨'은 낮춤말로 쓰입니다. 고유어는 보통 말이고, 같은 뜻의 한자어가 높임말인 예는 아주 많습니다. 우리말이 얼마나 천대를 받았는지 이것만 봐도 알 수 있습니다. 이게 다 한문 좋아하던 조선 시대의 양반들 탓이지요.

'이'는 일상의 관용적 표현에도 참 많이 쓰입니다. '이빨 빠진 호랑이'에서부터, 분해서 '이를 갈기'도 하고, 이름만 들어도 '이가 갈리고', '이를 악물고' 견디어내기도 하고, '이 없으면 잇몸으로 살기'도 하고, '이 빠진 접시'에다 음식을 담아내기도 합니다.

그런데 말이지요, 이 닦는 일을 왜 '양치질'이라고 했을까요? 옛날 사람들이 버드나무 가지, 즉 '양지(楊枝)'로 이를 닦아서 이 닦는 일을 '양지질'이라고 했는데, 나중에 음이 변하여 '양치질'이 되었다고 합니다.

버드나무가 재질이 부드러우니까, 잔가지의 자른 단면을 바위 같은 데에 문질러서 부드럽게 만든 후, 그것으로 이를 닦았는데 별로 아프지도 않고 잘 닦였다고 합니다. 지금도 동남아 몇몇 나라에 가면, 칫솔 대용으로 잘 손질된 버드나무 가지를 팔기도 합니다. 그러니까 '양지 칫솔'은 꽤 널리 사용되었나 봅니다. 요즘 나무젓가락이나 성냥개비가 거의 다 버드나무인 걸 생각하면 버드나무 칫솔을 사용한 것이 충분히 수긍이 갑니다. 그리고 '양지질'이 '양치질'로 변한 데에는 아무래도 한자 '치(齒)' 자의 영향이 컸을 것으로 짐작됩니다.

오늘날 우리가 쓰는 칫솔이나 치약이 없었던 옛날, 우리 선조들은 깨끗한 모래로 이를 닦기도 하고, 배를 먹고 남은 씨방으로 닦기도 하고, 얼마 전까지는 고운 소금을 손가락에 발라서 닦기도 했습니다. 그러다가 반영구적(?) 도구로 개발한 것이 버드나무의 가지, 즉 '양지'였습니다.

버드나무의 가지, 양지(楊枝)로 이를 닦아서 '양지질', 그것이 음이 변해 '양치질'이 되었다는 얘기입니다. 오늘도 재미있는 어원 하나 살펴보았습니다.

040 도무지

'아무리 해도', 또는 '이러니저러니 할 것 없이 아주'의 뜻을 지닌 '도무지'라는 부사가 있습니다.

'그녀를 어디서 만났는지 도무지 생각이 안 난다.'

'그 사람과는 도무지 말이 안 통한다.'

'그는 도무지 예의라고는 없는 사람이다.'

'이 음식은 도무지 맛이 없어 못 먹겠다.'

이렇게 쓰이는 말인데요, 한자어 냄새가 물씬 나는 이 말도 민간에 전해지고 있는 이야기 하나가 있습니다.

구한말, 선비이자 시인이었던 황현(黃炫)은 학문의 경지가 대단했지만 평생 벼슬하지 않고 초야에 묻혀 살았습니다. 풍전등화(風前燈火) 같던 나라가 급기야 경술(庚戌)의 국치(國恥)에 이르자 그 치욕을 몇 편의 '절명시(絕命詩)'로 남겨두고 스스로 삶을 마감했습니다. 그는 그리 길지 않은 삶 속에서도 수많은 저서를 남기고 떠나 오늘날, 우국지사로, 대학자로, 시인으로 칭송되고 있습니다.

황현의 저서 『매천야록(梅泉野錄)』에는 이런 이야기가 나옵니다. 엄한 가정에서는 자식이 기본적인 윤리 도덕을 지키지 않았을 때, 그 아비가 눈물을 머금고 자기 자식을 엄벌했다고 합니다. 아비가 자식에게 내리는 많은 벌 중에서도 '도모지(塗貌紙)'라는 사형(私刑)은 가장 무서운 벌이었습니다.

'도모지(塗貌紙)'라는 말은 '얼굴에 바르는 종이'라는 뜻입니다. 엄한 아비는 그 못된 자식을 움직이지 못하게 묶어놓고, 물에 적신 창호지를 얼굴에 몇 겹으로 붙여놓았습니다. 말도 못 하는 상태에서 물기가 말라감에 따라, 숨조차 못 쉬게 되어 서서히 죽어갔다고 합니다. 생각만 해도 몸서리가 쳐지는 끔찍한 형벌이었습니다.

말을 타고 달리며 총을 쏘는 서부극을 보면, 분신처럼 아끼던 말이 다리를 다쳐서 더 이상 달릴 수 없게 될 경우, 그 애마를 총으로 쏴서 죽이는 장면이 나옵니다. 말의 고통을 조금이라도 덜어주려는 배려였습니다. 그런데 '도모지'라는 형벌은 총살과는 반대로 자식의 고통을 가장 길게 하는 잔인한 형벌이었던 셈이지요.

바로 이런 무서운 형벌, '도모지'가 민간에서 음이 변하여, 수형자(受刑者)의 입장에서 '전혀 어떻게 해볼 도리가 없이'의 뜻이 되어 오늘날의 '도무지'가 되었다는 이야기입니다.

오죽했으면 자식을 그렇게 죽였을까 싶기도 하지만, 기를 꺾으면 안 된다고 자식에게 매는커녕 야단도 치지 않는 현대의 왜곡된 육아 행태를 생각하면, 가슴이 답답해지기도 합니다.

041 어지간하다

형용사 '어지간하다'를 사전에서 찾아보면 다음 몇 가지의 풀이를 확인할 수 있습니다. '수준이 보통에 가깝거나 그보다 약간 더하다', '정도나 형편이 기준에 크게 벗어나지 아니하다', '생각보다 꽤 무던하다', '성격 따위가 생각보다 심하다' 등.

혈연 의식이 유난했던 한국에서는 일찍부터 가문의 계보학, 즉 보학(譜學)이 발달했습니다. 이 보학 속에도 우리의 언어와 문화가 많이 녹아 있습니다. 아시는 대로, 우리나라 성씨들 중 다수가 고려시대에 생겨났습니다. 고려 때 충주에는 충주 지씨(池氏) 형제가 살고 있었는데, 동생이 분파(分派)를 하여 창씨(創氏)를 하기로 하였습니다. 그는 본래 성씨인 지씨(池氏)의 근본을 잊지 않겠다는 뜻에서 자신의 새로운 성을 어씨(魚氏)로 정했다고 합니다. 물고기[魚氏]는 연못[池氏]을 떠나서는 살 수 없다는 점을 잊지 않겠다는 의지가 담긴 창씨(創氏)였습니다. 그때부터 사람들이 비슷한 것을 보면 '어씨와 지씨 사이 같다'고 하게 되었고 여기에서 '어지간(魚池間)하다'라는 말이 생겼다는 이야기입니다. 물론 '어지간하다'는 현재 한자어가 아닌 고유어로 굳어져서 쓰이고 있습니다.

충주 지씨와 충주 어씨는 지금도 서로 혼인하지 않는다고 합니다.
(정재서, 『종횡고금』 참고)

042 하마평

'하마(下馬)'는 말에서 내린다는 뜻이고, '평(評)'은 평가한다는 뜻입니다. 그렇다면 하마평은 무슨 뜻일까요. 말에서 내리는 평가라니? 말에서 내리면서 하는 평가인가? 말에서 얼마나 잘 내리는지를 평가하는가? 말에서 내리면서 말이 얼마나 훌륭한지를 평가하는가?

어려서 저는 이 '하마평'이라는 단어를 처음 보고 바보같이 이런저런 생각을 다 해봤습니다. 휴대폰에 국립국어원의 표준국어대사전 앱을 깔아두고 언제든지 바로 확인할 수 있는 현대의 어린이들은 저처럼 바보 같은 그런 의문을 품을 이유가 없습니다.

그런데 하마평이라는 말은 요즘의 문화와는 거리가 먼 관습에서 온 말이어서, 우리와 차츰 멀어져가는 단어라고 할 수 있습니다. 국어사전은 '관직의 인사이동이나 관직에 임명될 후보자에 관하여 세상에 떠도는 소문이나 평판'으로 풀이하고 있고, '새 정부 구성을 앞두고 하마평이 무성하다'라는 식으로 사용되고 있습니다. 문화는 바뀌었는데 말은 그대로 쓰이다 보니 다소 어색합니다. '하마평(下馬評)'이라는 글자 풀이를 생각해보면 더욱 그렇습니다.

이 말은 옛날의 풍습 혹은 관례와 관련이 있습니다. 말을 타고 다니던 옛날, 관직에 임명되어 왕을 뵈러 들어갈 때는 반드시 말에서 내려 걸어서 들어가야 했습니다. 그런데 어떤 관직에 새로운 인물이 필요할 때, 이번에는 누가 말에서 내려 임금에게 가게 될지, 떠도는 소문이나 평판이 무성했을 것인데, 이런 소문이나 평판이 바로 '하마평(下馬評)'이라는 말의 유래입니다.

말을 타고 정부에 들어가는 일이 있을 수 없는 요즘, 말을 타던 시절의 풍습에 관한 단어는 여전히 쓰이고 있으니 더러는 저처럼 궁금한 사람도 있겠다 싶어서 또 수다를 떨어봤습니다.

043 흥청망청

돈을 함부로 쓰면 '흥청망청' 쓴다고 합니다. 이 '흥청망청'의 유래는 조선 연산군 때로 거슬러 올라갑니다. 임금답지 못한 임금이어서 '조(祖)', '종(宗)'이 붙지 못하고 '군(君)'이 붙은 연산군은 엽색 행각도 대단했다고 합니다. 전국에 미녀를 뽑는 사신인 '채홍사(採紅使)'를 파견하여 각 지방의 아름다운 처녀를 뽑아 기생을 만들고, 이들을 각 고을에서 관리하게 하였습니다.

이들 기생을 '운평(運平)'이라 불렀는데 그 운평이 뽑혀서 궐에 들어오면 '흥청(興靑)'이라 불렀습니다. 이 흥청 중에서 임금의 눈에 들어 잠자리를 같이 하면 '천과흥청(天科興靑)'이라 하였고, 그렇지 못한 흥청은 '지과흥청(地科興靑)'이라고 불러서 흥청들의 서열을 매겼습니다.

주색에 빠진 연산군은 여러 흥청들과 밤낮으로 놀아났습니다. 자신이 말[馬]이 되어 흥청들을 등에 태우고 기어다니기도 하고, 반대로 자기가 흥청의 등에 올라 말놀이를 즐기기도 하였습니다.

연산군의 방탕은 이에 그치지 않았습니다. 예쁘다는 말만 들으면 민간의 유부녀도 불러다 유린하고, 심지어 큰아버지인 월산대군의 부인까지 겁탈하였습니다. 그 결과, 연산군은 중종반정(中宗反正)으로 왕좌에서 쫓겨나 목숨까지 잃고 망하게 되었습니다.

연산군이 죽은 후, 흥청들과 놀아나다 망했다 하여 민간에서 '흥청망청'이란 말이 생겨났습니다. 당시에는 연산군의 엽색 행각을 가리키던 그 말이 지금은 무절제한 낭비 행위를 가리키는 말로 뜻이 변하여 쓰이고 있습니다.

044 한국어의 단음절어

눈, 코, 귀, 입, 턱, 뺨, 혀, 낯, 목, 등, 배, 뼈, 살, 피, 땀, 손, 발, 속, 겉, 병, 해, 달, 별, 빛, 산, 들, 비, 눈, 강, 땅, 집, 터, 논, 밭, 물, 돌, 흙, 벼, 밀, 피, 풀, 말, 꽃, 콩, 팥, 조, 무, 쌀, 감, 밤, 밥, 죽, 소, 말, 개, 닭, 쥐, 삵, 새, 꿩, 학…… 대충 생각해봐도 단음절어가 이렇게 많습니다. 여러 사람이 시간을 두고 생각해보면 아마 엄청나게 많을 것입니다. 그리고 표기가 같아도 뜻이 다른 단어도 많습니다. 예를 들어 '말'이란 단어만 해도 각각 뜻이 다른 10개의 단어가 사전에 올라 있습니다. 그것을 일일이 여기에 열거하지는 않겠습니다.

> '음절' 이란 하나의 종합된 느낌을 주는 말소리의 단위인데, 음절은 또 몇 개의 음소로 이루어지며, 모음은 단독으로 한 음절이 되기도 한다. '아침' 의 '아' 와 '침' 따위가 음절이고, '아침' 은 2음절어임.

이상은 '음절'에 대한 국어사전의 풀이인데요, '하나의 종합된 느낌', '음소' 등이 다소 낯설게 느껴집니다. '종합된 느낌'이란 한 덩이의 소리를 가리키는 것이고, '음소'란 음의 요소를 가리키는데 초·중·종성인 자음과 모음을 가리키는 것이라고 이해하면 더 쉽겠다 싶습니다. 음절을 더 쉽게 이해하자면 한 글자가 곧 한 음절입니다. '음소'란 '소리의 최소 단위'로서 하나 이상의 음소가 모여 한 음절을 이룹니다. 한편, '음운'이란 '의미 변별 기능'을 가진 소리의 최소 단위입니다. 그러니까 음소는 단순히 소리의 단위이고, 음운은 의미 변별 기능을 가진 소리의 단위입니다. 가령 '님'과 '남'의 의미를 변별해주는 소리는 'ㅣ'와 'ㅏ'이고 '물'과 '불'의 의미를 변별해주는 소리는 'ㅁ'과 'ㅂ'인데, 'ㅣ, ㅏ, ㅁ, ㅂ' 등이 모두 음운입니다.

한국어에 단음절어가 많다는 특징은 그만큼 배우기도, 사용하기도 쉽다는 뜻도 됩니다. 우리말에 섞여 쓰이는 한자도 그 복잡하고 어려운 본래의 발음을 버리고 단순화하여 쓰기 쉽도록 고쳐서 씁니다. 가령 '교(教)'의 중국 발음은 '찌아오'인데요, 세 음절인 데다가 성조까지 있어서 발음이 단순하지 않습니다. 그런데 우리말은 그냥 '교', 한 글자면 되고 성조도 없어서 단순하고 발음하기 쉽습니다.

언어에도 경제성이 있습니다. 경제성이란 최소의 노력으로 최대의 효과를 거두는 것인 바, 바로 이 경제성 때문에 많은 언어들이 약어를 만들어 씁니다. 최근에 우리 젊은이들 사이에서 많이 쓰는, '낄끼빠빠, 금사빠, 만찢남, 갑분싸' 등 줄임말도 재미로 그렇게 쓴다 하더라도 바로 그 언어의 경제성과 관계가 있지 않나 싶습니다. 아직 사전에 표제어로 등장하지는 않았고, 앞으로도 그럴 가능성은 없어 보이지만 언중의 사랑을 많이 받아 언젠가 표준어로 등극하게 될지도 모르는 일입니다.

이런 훌륭한 우리 글을 만들어서 후손에게 물려주신 우리 세종대왕님께 다시 한번 머리가 숙여지는 아침입니다.

045 젬병

젬병[젬餠]. 사전은, 형편없는 것을 속되게 이르는 말이라고 풀이한 후, '학교 때 다른 과목은 모조리 젬병이었으나 그림만은 빼어났었다.' 이런 예문도 제시하고 있습니다.

이 말은 비록 속되게 이르는 말이라고 하지만 쓰이는 경우를 보면 그렇게 '속되지'만도 않습니다. 이 말은 남을 평가할 때보다는 자신의 실력이 부족함을 말할 때 쓰는 경우가 대부분이기에 하는 말입니다. 예컨대 '그 사람 음식 솜씨 젬병이야!'라고 말하는 경우보다는 '나, 음식 솜씨 젬병인 거 아시잖아요?' 이런 식으로 많이 쓰입니다.

사전에 어엿이 표제어로 올라 있는 이 말은 '전병(煎餠)'에서 온 말입니다. 전병을 요즘에는 주로 밀가루로 부치지만 본래는 찹쌀가루로 부치는 음식이랍니다. 재료가 점성(粘性)이 강한 찹쌀이다 보니, 걸핏하면 서로 엉겨서 엉망이 된다고 합니다. 잘 펴져서 누렇게 익는 대신 뭉쳐서 흉하게 엉긴 전병처럼, 어떤 일을 엉망으로 만드는 솜씨, 이게 바로 '젬병'의 유래랍니다.

자, 오늘 하루도 '젬병' 같은 상황 만나지 마시고 노릇노릇 잘 부친 '전병' 같은 하루 가꾸시기 바랍니다.

046 고약한 놈, 고얀 놈

러시아가 우크라이나를 침공한 뒤 전쟁은 그칠 줄 모르고 온 세계가 뒤숭숭합니다. 구소련 시대의 영토에 대한 미련 때문에 전쟁을 일으켰다고 하는데, 그 피해는 온 세계가 당하고 있는 것 같습니다.

전쟁의 책임을 묻는 사람, 책임을 지겠다는 사람은 없고, 전쟁이 끝날 기미도 안 보이는 가운데 온 세계의 경제가 휘청거리고 있습니다. 러시아를 비난하기는커녕 은근히 동조하는 나라도 있는 모양입니다.

두 나라의 전쟁이 소강 상태로 접어드나 싶더니 이번에는 하마스의 팔레스타인과 이스라엘이 또 한바탕 붙었습니다. 세계 어느 곳에선가는 늘 테러가 일어나고 있고 이런 사건들이 먼 나라의 이야기인 듯하지만 우리나라도 옆구리에 폭탄을 두고 지내는 듯 늘 불안하기만 합니다.

일단 전쟁이 나면, 군인만 죽는 것이 아닙니다. 어른들만 죽는 것도 아닙니다. 노약자와 여자와 어린애들이 저항 한번 못 해보고 훨씬 더 많이 죽습니다. 그래서 전쟁은 죄악이고 전쟁을 일으킨 사람은 '고약한 사람', '고얀 놈'입니다.

'고약한'은 괴상하고 사납다는 '괴악(怪惡)한'에서 온 말이고, '고얀'은 괴상하고 기이하다는 '괴이(怪異)한'에서 온 말입니다. 중세어에서

'괴악'이 실제로는 '고이악'으로 발음되다 보니 자연스럽게 '고약'으로 변한 것입니다.

'괴이한'이 '고이한'을 거쳐 '고얀'으로 변한 과정도 크게 다르지 않습니다. 이 두 어휘는 한자어가 변해서 자연스럽게 고유어로 편입된 예라 할 수 있습니다.

평범한 소시민이 '고약한 놈'이면 그 피해자는 그 가족이거나 극소수의 이웃입니다. 그러나 영향력 있는 사람이 '고얀 놈'이면 온 세계가 그 피해자가 되기도 합니다.

이런 고약한 놈, 고얀 놈이 없는 세상은 언제나 올까요.

제2부

같아요, 같아요, 같아요

047 참나무의 이름표

우리나라 산에는 참나무가 참 많습니다. 국립공원에 가면 각종 나무들이 제각각 이름표를 달고 서 있습니다. 이름표를 달고 서 있는 나무들 중에 가장 자주 마주치는 나무가 참나무들인데 그 이름들은 대략 여섯 가지 정도입니다. 아름다운 참나무 이름들과 그 유래들이 하나같이 재미있어서 여기 정리해봅니다. 다만 이 유래들 역시 물론 민간어원에 속하는 것들이어서 비과학적이고 신빙성이 낮습니다.

첫째, 상수리나무. 상수리나무에는 상수리가 열리는데 나머지 참나무에는 도토리가 열립니다. 상수리는 동글동글하고 도토리는 길쭉한데 상수리가 도토리보다 좀 더 큽니다. 동글동글한 상수리가 열리니까 그 이름도 상수리나무가 되었습니다.

둘째, 신갈나무. 신갈나무는 껍질이 비교적 매끄러우면서도 매우 질깁니다. 그래서 짚신 신던 옛날, 신갈나무 껍질을 벗겨 신에다 깔았다고 합니다. 껍질을 신에 까는 나무, 그래서 신갈나무가 되었습니다.

셋째, 떡갈나무. 떡갈나무는 잎이 두껍고 큽니다. 그리고 제법 덥수룩한 털도 나 있습니다. 잎이 떡처럼 두껍고 커서 떡갈나무라고 부른다는 설도 있고, 이 떡갈나무 잎에 방부제 성분이 들어 있어서 떡을 싸서 오래 두어도 상하지 않기 때문에 떡갈나무라고 부른다는 주장도 있습니다. 어쨌든 떡갈나무 이름은 떡과 관련이 있는데요, 제가 살펴본 바로는 떡갈나무 잎이 떡처럼 두껍다는 이야기는 과장이 심하다 싶고, 잎으로 떡을 싸는 참나무라서 떡갈나무, 이것이 더 마음에 듭니다.

넷째, 졸참나무. 졸참나무는 키가 큰 거목이 많은데 우습게도 그 잎은 참나무들 중에서 가장 작습니다. 잎이 작은 만큼 그 수가 엄청나게 많습니다. 산들바람이라도 불라치면 그 작은 잎들의 군무(群舞)가 눈부십니다. 잎이 마치 장기판의 졸들처럼 수는 많고 크기는 작아서 이름이 졸참나무가 되었습니다.

다섯째, 굴참나무. 굴참나무는 나무껍질에 코르크가 잘 발달되어 있어서 처음 봐도 쉽게 식별할 수 있습니다. 굴참나무의 껍질에 붙은 코르크는 술병 마개의 재료로 쓰입니다. 굴참나무에는 여러 종류의 참나무 중에서도 가장 굵은 도토리가 열려서 이름이 굴참나무가 되었습니다.

여섯째, 갈참나무. 갈참나무는 그 잎이 지지 않고 가을 늦게까지 붙어 있습니다. 가을이면 노랗게 단풍이 들고 겨울에도 잘 떨어지지 않고 붙어 있는 놈이 많습니다. 가을까지 잎이 붙어 있는 나무라서 이름이 갈참나무가 되었습니다.

비과학적이거나 말거나, 믿거나 말거나, 참나무의 구수한 이름들이 저는 참 좋습니다. 나중에 참나무 많은 산에 가시거든 그 이름들을 알아맞혀보시기 바랍니다.

048 금자탑

금자탑(金字塔)은 길이 후세에 남을 뛰어난 업적을 비유적으로 이르는 말입니다. 몇 가지 용례를 보면 다음과 같습니다. '금자탑을 쌓다', '금자탑을 세우다', '역사에 길이 남을 금자탑을 이룩하다', '한글은 우리 민족이 세운 찬란한 문화의 금자탑이다'.

그런데 우리가 궁금한 것은, 금자탑의 뜻이나 용례가 아니라 그 단어의 유래입니다. 정작 그 유래를 알고 보면 다소 어이가 없습니다. 금자탑이란, 한자 '금(金) 자'처럼 생긴 탑, 즉 피라미드를 가리키는 말이기 때문입니다. 피라미드는 산처럼 크지만 그것은 어디까지나 무덤입니다. 아무리 왕들의 무덤이라도, 무덤은 무덤이지요. 그 피라미드가 단지 '금(金)' 자를 닮았다는 이유로 '훌륭한 업적'을 거기에다 비유하다니 어이가 없습니다.

기계의 도움도 없이 피라미드를 쌓는 일이 불가사의라고 할 정도로 대단한 일이기는 하지만 그것이 무덤인 만큼 훌륭한 업적을 비유하기에는 아무래도 개운치 않은 느낌이 있다 그 말입니다.

049 자문위원

우리 사회는 점점 전문화되어가고 있습니다. 그럴수록 그 사회를 관리, 운영하기 위해서 각 분야의 전문가의 견해가 필요합니다. 그래서 조직이 크거나 작거나 간에 자문기관, 자문위원을 두기도 합니다.

그런데 '자문(諮問)'이라는 말이 자주 잘못 쓰이고 있음을 발견하게 됩니다. 가령 '전문가에게 자문을 받다', '자문을 구하다' 등으로 쓰이고 있는데 이는 잘못입니다. '자(諮)' 와 '문(問)' 둘 다 '묻다'의 뜻으로 '자문하다'라는 말은 쉽게 말해서 '묻다'라는 말입니다.

따라서 '자문을 받다'나 '자문을 구하다' 대신 '자문을 하다' 또는 '의견을 묻다' 등으로 써야 맞고 이에 답하는 사람은 '자문에 응하다', '자문에 답하다' 등으로 써야 합니다. 자문위원은 '자문에 응하는 사람', '자문에 답하는 사람'을 가리키기 때문입니다.

별 생각 없이 쓰는 우리말, 알고 보면 잘못 쓰는 예가 참 많습니다.

050 아는 체하다, 알은체하다

보리밭 사잇길로 함께 거닐 연인이라도 만나고 싶은 그런 봄날, 그런 주말입니다. 이런 봄날이면 모르는 사람을 만나도 '알은체'를 하고 싶고, 눈인사라도 다소곳이 전하고 싶어집니다.

오래전, 어떤 소설을 읽다가 '알은체하다'라는 말을 만났습니다. 저는 이 말이 잘못 쓰인 말인 줄 알았습니다. 그래도 혹시나 싶어 사전을 확인해봤더니 버젓이 표제어로 올라 있는 바른 말이었습니다.

그러니까 '아는 체하다'는 현학적인 태도, 즉 무식함을 감추고 유식한 척하는 태도를 의미하고, '알은체하다'는 아는 사람에게 '우리는 구면이다'라고 인사를 건네는 태도를 가리킵니다. 얼핏 어법으로만 보면 '알은체하다'는 있을 수 없는 형태이기 때문에 간혹 잘못 쓸 수도 있는 말입니다.

"야, 너 잘 알지도 못하면서 아는 체 그만해!"

"안면은 있었지만 긴가민가했는데, 그가 먼저 알은체를 하더라고."

이렇게 쓰이는 말입니다. 다만 한 가지 유의할 것은 띄어쓰기입니다. '아는 체하다'는 본용언과 보조용언 두 단어가 어울린 말이니까 띄어 써야 하고, '알은체하다'는 한 단어로 굳어진 말이므로 붙여서 써야 맞습니다.

이런 봄날, 좀 더 행복해지는 비결 중의 하나는요, 서먹서먹하던 이웃들에게 알은체도 하고, 덕담도 하고 그렇게 지내는 게 아닌가 싶습니다.

051 주인공, 장본인

중국 송나라 때 한 노인이 벼가 자라는 걸 도와주려고 이제 막 올라오는 이삭을 일일이 뽑아주었답니다. 그 뽑힌 이삭들은 당연히 모두 말라 죽고 말았습니다. 이 이야기가 '조장(助長)'이라는 말의 배경 고사인데 '조장'은 본래 '성장을 돕다'라는 뜻입니다. 그러나 이 말은, 고사(故事)에서도 알 수 있듯이 좋은 뜻으로 쓰는 말이 아니고 일을 망치는 부정적인 경우에만 쓰는 말입니다. 사회악 조장, 퇴폐 풍조 조장, 사행심 조장, 사치풍조 조장 등의 경우처럼 바람직하지 않은 경우에 쓰입니다.

'장본인(張本人)'이라는 말도 그렇습니다. '어떤 일을 저지른 바로 그 사람'이라는 뜻을 지닌 이 말도 부정적인 경우에만 씁니다.

"지난번 선행을 해서 신문에 난 사람 알지? 이분이 바로 그 장본인이야." 이렇게 쓰면 문자 그대로 망발입니다.

"저 사람이 우리나라의 정치 분위기를 흐린 장본인이야." 이렇게 써야 맞습니다. 좋은 일로 주목을 받는 사람은 '장본인'이 아니라 '주인공'으로 쓰는 것이 좋습니다.

삶이 팍팍한 사람들이 자꾸만 늘어가고 있습니다. 그래서 우리들 마음도 자꾸만 우울해집니다. 오늘 하루만이라도 우울하지 않게 지냈으면! 그랬으면 참 좋겠습니다.

052 숙맥

세상 물정을 모르거나 사리 분별에 어두운 어리석은 사람을 흔히 '숙맥', 혹은 '쑥맥'이라고들 합니다. '숙맥'이라는 말은 '숙맥불변(菽麥不辨)'에서 온 말입니다. '숙맥불변(菽麥不辨)', 콩 숙(菽), 보리 맥(麥), 아닐 불(不), 분별할 변(辨), '콩과 보리조차 분별하지 못한다'라는 뜻입니다.

콩과 보리는 비슷하지도 않습니다. 그런데도 이를 분별하지 못할 정도로 어리석은 사람을 가리킬 때 '숙맥불변'에서 '불변'이 떨어져 나간 '숙맥'을 씁니다. 된소리로 발음하여 '쑥맥'이라고도 하지만 이는 틀린 말이고요, '숙맥'이 맞습니다.

요즘같이 이해타산에 밝고 저마다 영악스러워진 사람이 많은 세상살이는 차라리 숙맥이 되어 어리석게 살아가는 것도 지혜로운 삶의 방식이 아닐까 싶습니다.

며칠 전 가을을 재촉하는 비가 살짝 내리더니 가을빛이 완연합니다. 이제 곧 제대로 된 가을이 성큼 다가서겠지요. 마음부터 가을을 '가불'하는 요즘, 건강 잘 챙기시기 바랍니다.

053 김치 이야기

우리 조상님들, 쌀이 주식이다 보니 비타민이나 미네랄 등, 탄수화물 이외의 영양소는 주로 채소에서 섭취할 수밖에 없었습니다. 그런데 겨울이면 채소를 먹을 수 없으니 가을에 채소를 소금에 절여서 저장하던 것이 오늘날 김치의 시초랍니다. 발효식품으로서의 김치의 우수성이 널리 세계에 알려진 오늘날 조상님들의 지혜에 새삼 머리가 수그려집니다.

이렇듯 '김치'는, 채소를 절여서 담근다는 뜻입니다. 즉 담글 침(沈), 채소 채(菜), '침채'라는 한자어에서 온 말입니다. 그런데 한자에서 온 '침채'라는 옛 이름 때문에 최근 중국에서는 김치도 자국의 음식이라고 주장한다고 하니 기가 찰 노릇입니다. 고구려도 자국 역사, 한복도 자국의 복식이라고 우기더니 이제 김치까지 넘보고 있습니다. 요즘 말로 말하자면 '참 재수 없습니다.'

'침채'라는 이 말이 김치 냉장고의 상표로 더 유명해진 '딤채'가 되었다가, '짐채', '김채', '김츼' 등을 거쳐서 '김치'로 변해왔습니다. 남도 사투리에는 '짐치'가 아직도 쓰이고 있습니다. 이 말도 이렇게 변해오는 바람에 한자어의 냄새(?)가 거의 나지 않는 고유어가 된 말입니다.

우리말 중에는 외래어이면서도 외래어 냄새가 전혀 안 나는 토착

화된 말이 더러 있습니다. '담배'는 포르투갈어 tobacco(토바코)에서 '다바코, 담바고, 담배'로 변해온 말입니다. '빵'은 포르투갈어에서 온 말이고, '냄비'는 일본어 '나베'에서 온 말이며, '구두' 역시 일본어 '구스'에서 온 말입니다.

외래어라도 뿌리를 내리고 우리말화하면 우리말의 어휘가 그만큼 풍부해져서 좋습니다. 다만 외래어의 무분별한 남용은 한갓 겉멋일 뿐이라는 사실을 항상 잊지는 말아야 하겠습니다.

054 갑절과 곱절

'갑절'은 어떤 수의 양을 두 번 합친 것, 즉 배(倍)를 뜻하는 말입니다. '10은 5의 갑절이다', '물가가 작년의 갑절도 더 되나 봐' 이렇게 쓰입니다.

'곱절'은 같은 수량을 몇 번이고 거듭 합친 것으로 '곱'이라고도 씁니다. '집값이 세 곱절로 올랐어', '그의 몸무게는 너의 세 곱절은 될 거야' 이렇게 쓰이는 말입니다.

위의 사전 풀이에서 보듯이 '갑절'과 '곱절'은 뜻이 서로 다른 말입니다. 그래도 혼동되는 분들을 위해 아주 쉽게 정리하면, 두 배는 '갑절'이고, 세 배 이상은 '곱절'입니다. 그러니까 '두 곱절'이나 '세 갑절'은 부적절한 표현이고, 고유어 '갑절', '곱절'은 한자어 '배(倍)' 하나로 통일해서 쓸 수도 있습니다.

비록 하찮아 보이긴 하지만 이제부터 잘못 쓰는 일 없으시기 바랍니다.

055 거시기가 거시기해서

사랑을 많이 받으면 그만큼 세력(?)도 커지나 봅니다. 멀리는 조선 왕조의 후궁들이 그랬고, 가까이는 민주사회의 지도자가 그렇습니다. 연예인들에게는 대중의 사랑, 곧 인기가 돈과 지위를 보장해주기도 합니다. 어디 그뿐이겠습니까? 심지어 언어도 언중의 사랑을 많이 받으면 세력이 커집니다.

'거시기'라는 말은 본래 남도 지방의 사투리였지만 사람들의 사랑(?)을 많이 받다 보니 이제는 버젓이 표준말의 자격을 얻어 사전에 표제어로 등장했습니다. 사전에는 '말하는 도중에 그 이름이 얼른 떠오르지 않아 그 대신 쓰는 말'이라고 풀이되어 있는데, 오늘날은 또 다른 경우에도 자주 쓰입니다. 즉 말하기가 다소 거북한 대상을 지칭할 때도 쓴다는 말입니다. 그게 뭔지는 다들 아시리라 믿습니다.

예전에 양봉업을 하는 한 노인이 오십 대 남자에게 정력에 좋다면서 '거시기'에다 벌침을 시술한 사건이 있었답니다. 벌침을 여러 번 맞은 곳이 덧나서 정력이 세지기는 고사하고 급기야는 '거시기'를 잘라냈다고 합니다. 세상에, 어찌 이런 일이. 신문에서 이 이야기를 읽으면서 당사자에게는 미안하지만 웃음을 참을 수가 없었던 기억이 납니다. 정력이 뭐라고, 도대체 그것이 뭐라고……. 남자들, 조심해야 할 것이 한두 가지가 아닙니다! 무엇이든 과욕은 금물입니다.

056 꺼벙한 꺼병이

겉모양이 짜임새가 없고 엉성한 사람을 가리켜 흔히 '꺼벙이'라고 합니다. 이 말은 '꺼병이'를 잘못 사용한 것인데, 사람들이 하도 많이 사용하다 보니 표준어의 자격을 얻게 되었고, 의미도 많이 확장되어 쓰이고 있습니다.

'꺼병이'는 본래 장끼와 까투리 부부 사이에서 태어난 새끼, 즉 꿩의 병아리를 가리키는 말입니다. 꿩의 새끼가 암수 구별도 안 될뿐더러 모양이 거칠고 못생겼다는 데서 붙여진 이름이라고 합니다. 그런데 '꺼병이'라는 바른 말을 제치고, '꺼벙이'라는 틀린 말이 세력을 얻어 표준말이 된 데에는, 오래전 인기가 높았던 〈꺼벙이〉라는 만화와도 무관하지 않다 싶습니다.

한편, '꺼벙하다'라는 형용사는 '허우대는 크나 짜임새가 없고 엉성하다'의 뜻으로 쓰이는 형용사입니다. "겉으로는 꺼벙해 보이지만 마음은 단단하니까 걱정 마." 이렇게 쓰이는 말입니다.

꿩의 새끼는 '꺼병이'이고, 어수룩한 사람은 '꺼벙이' 그리고 형용사는 '꺼벙하다'입니다. 꺼병이와 꺼벙이, 꺼벙하다, 이런 말들을 혼동하는 우리에게 문제가 있는 게 아니라, '병'과 '벙'을 통일하지 못한 말 자체에 문제가 있어 보이기도 합니다.

057 이따가, 있다가

발음이 같거나 비슷해서 혼동하는 이들이 많지만, '이따가'와 '있다가'는 서로 다른 말입니다. '이따가'는 부사로서, '조금 후에'의 뜻으로 쓰이고, '이따'로 줄여서 쓰이기도 합니다.

"그럼, 이따가 보자."

"이따가 내가 전화할게."

"이따 그 사람 오면 알려줘."

이렇게 쓰이는 말입니다.

한편, '있다가'는 형용사 '있다'의 어간 '있-'에 어미 '-다가'가 결합된 말이고, 당연히 부사가 아니라 서술어로 쓸 수 있는 형용사입니다.

"여기 좀 더 있다가 비 그치면 출발하자."

"조용히 있다가 충분히 가까이 오면 잡자!"

"이왕 늦었는데, 좀 더 있다가 비 그치면 가자."

이렇게 쓰이는 말입니다.

058 애끊는, 애끓는

애가 탄다. 애가 터진다. 애가 끓는다. 애를 태운다. 애를 쓴다. 애를 먹인다. 애끊는 피리 소리. 애타게 기다리는 사람.

위의 예문에서, '애'는 모두 '창자'를 의미합니다.

'애끊는'은 '창자가 끊어지는'의 뜻이고, '애끓는'은 '창자가 끓어오르는'의 뜻입니다. 둘 다 엄청난 고통을 표현하는 데 쓰이지만, 그 쓰이는 경우가 매우 다르므로 주의해야 합니다. '애끊는'은 매우 슬픈 경우에 쓰이고, '애끓는'은 몹시 걱정이 될 때 쓰입니다.

'어디서 일성호가는 남의 애를 끊나니.'

'부모를 애끓게 하는 자식.'

이렇게 쓰입니다.

059 가려움, 간지러움

언제부터인지 가려움과 간지러움을 혼동하는 표현을 자주 접합니다. 어느 무좀약 광고를 듣고 웃음이 나왔습니다. 무좀이 냄새도 나고 간지럽다고 선전합니다. 무좀은 가려운 것이지 간지러운 것이 아닙니다. 피부를 긁고 싶어지는 느낌, 이는 가려움이지 간지러움이 아닙니다. 가려움은 긁으면 해소되고 간지러움은 간지럽히는 행위를 그만두면 끝이 납니다.

"여보, 내 등 좀 긁어줘, 금방 샤워했는데도 이상하게 가렵네!"

"야, 간지럽게 발바닥에다 왜 자꾸 뭘 그려? 그냥 말로 하지!"

대충 이렇게 쓰이는 말들입니다.

'몸이 옹송그려지도록 자리자리한 느낌'. 사전에는 간지러움을 이렇게 풀이해놓고 있지만 '옹송그려지다', '자리자리하다'를 다시 찾아보지 않고는 시원스럽지가 않습니다. 긁어도 가시지 않는 가려움처럼 미진한 느낌이 남습니다. 가려움과 간지러움의 느낌을 다 알고 있는 처지에서 이런 걸 확인하다 보면 조금 짜증스럽기도 합니다.

알고 보면 간지러운 건 피부만이 아닙니다. 낯이 간지러울 때도 있고 때로는 마음 저 밑바닥이 간지럽기도 합니다. 이 글을 쓰면서도 '이건 헛수고 아닌가? 읽는 사람도 없을 텐데, 뭘 기대하고 시작했나?' 생각이 들면, 저는 마음 저 밑바닥이 간지럽습니다.

060 행여나, 혹시나

아주 오래전 유행하던 〈대머리 총각〉이라는 노래가 있습니다. 그 노래 가사는, "여덟 시 통근 길에 대머리 총각"으로 시작되는데, 중간에 "행여나 장가갔나 근심하였죠."라는 부분이 나옵니다.

가사의 흐름은 이렇습니다. 통근 길에 자주 마주치는 대머리 총각이 마음에 드는데 혹시라도 장가를 간 사람이라면 어쩌나, 만약 장가를 갔다면 사귈 수 없으니까 근심하였다는 이야기인데요, 여기에다 "행여나 장가갔나"라고 하여 의미의 흐름상 오류를 범하고 있습니다.

'행여나'라는 말은 '운 좋게도', '다행스럽게도'의 뜻이 들어 있으므로 이 가사의 경우처럼 걱정스러울 때, 우려될 때는 쓰일 수 없는 말입니다. 이럴 땐 '행여나' 대신 '혹시라도'를 쓰면 훨씬 자연스럽습니다. '행여나'를 꼭 쓰고 싶다면 '행여나 총각일까 마음 설렜죠.' 이렇게 써야지 자연스럽습니다.

까마득한 옛 노래의 가사를 새삼스럽게 들먹이는 이유는, 요즘에도 '행여나'라는 말을 부적절하게 쓰는 사람들이 적지 않기 때문입니다. '행여', '행여나'의 '행'은 다행 행(幸) 자에서 온 말입니다. 중세어 '행혀'가 변하여 '행여'가 되었는데, '행여나'는 이른바 '힘줌말'로, 강조의 기능을 합니다. '별 하찮은 것을 다 시시콜콜 따지고 있네.' 하실까 봐 조마조마합니다.

061 아바타 이야기

얼마 전 한 초등학생이 부모의 꾸중을 듣고 자살을 한 사건이 있었습니다. 그 아이가 꾸중을 들은 이유는, 몇 달 동안 자신의 아바타 치장에 무려 백만 원이 넘는 돈을 써버렸기 때문이었다고 합니다.

사이버 공간에서 우리는 대체로 아바타를 내세우고 지냅니다. 어떤 이는 그 아바타를 아름답게 가꾸기도 하고, 또 어떤 이는 처음 공짜로 주어진 그대로 내버려두기도 합니다.

저는 게을러서 처음 받은 그대로 내버려두고 지냅니다만, 아름답게 옷도 입히고 머리도 가꾸고, 번쩍거리게 배경도 치장하고, 심지어 애완견이나 자동차까지 갖추어 멋을 내는 경우를 보면 '참 아름답구나!' 하는 생각이 들긴 합니다. 아바타 가꾸기를 통해서 자신의 이미지를 제고할 수 있다는 점은 아무도 부인할 수 없을 것 같습니다.

아바타(Avata)라는 말은 분신(分身), 또는 화신(化身)을 뜻하는 말입니다. 사이버 공간에서 사용자의 역할을 대신하는 캐릭터인 이 '아바타(Avata)'라는 말은 산스크리트어(범어, 즉 고대 인도어)에서 유래한 말입니다. '내려오다', '통과하다'라는 의미의 'Ava'와 '아래', '땅'이라는 뜻을 가진 'Terr'의 합성어로, 고대 인도에서는 '땅으로 내려온 신의 화신'을 '아바타'라고 불렀다 합니다.

그러던 것이 인터넷 시대가 열리면서 3차원이나 가상현실 게임,

또는 웹상의 채팅 등에서 자기 자신을 나타내는 아이콘으로 쓰이기에 이른 것이랍니다.

다 아는 것을 혼자만 아는 것처럼 떠들었는지 모르겠습니다. 만약 그렇다면 오늘도 많이 부끄럽습니다.

062 며칠인가, 몇 일인가

① "오늘이 며칠이지?"
"휴가는 며칠부터야?"
"그는 며칟날 온댔어?"

② "비가 며칠이나 더 오려나?"
"올해 쉬는 날은 모두 며칠이야?"
"아무래도 며칠 더 기다려야겠어."

위의 예에서 보듯이 '며칠'은, 두 가지 의미로 쓰이는 말입니다. ①은 '그달의 몇째 되는 날'의 뜻으로 쓰인 예문들이고, ②는 '몇 날'의 뜻으로 쓰이고 있는 예문들입니다. '며칠'이라는 말은 분명 관형사 '몇'과, 날을 뜻하는 '일'의 합성어인데 언제부턴가 '며칠'로, 즉 소리 나는 대로 굳어져 쓰이게 되었습니다. 소리 나는 대로 쓴 '며칠'이 의미가 더 뚜렷한 '몇일'을 누르고 살아남게 된 것은, 순전히 언중의 선택 때문입니다.

우리들의 생각과는 달리, 어법이나 문법이 우선이 아니고 언중의 선택이 먼저입니다. 다시 말하면, 어법상 틀리거나 어색한 말이라도 다수의 언어 대중이 그렇게 쓰다 보면 언젠가는 그것이 표준말이 되고 만다는 뜻입니다.

아직도 '며칠'을 '몇 일'로 쓰는 분들이 계시는 걸 보고 몇 자 적어보았습니다. 이것은 비밀인데요, 우리 집에도 그런 사람이 있습니다.

063 잇달아, 잇따라

'잇달다'는 '잇다'와 '달다'의 합성어입니다.

'달다'는 '기관차가 객차를 많이도 달고 달리네', '군것질거리를 입에 달고 사는구나', '그런 친구를 달고 다니지 마' 등의 예처럼 쓰이는 바로 그 '달다'입니다. 그러니까 '잇달아'는 '연달아', '뒤를 이어'의 뜻입니다.

한편 '잇따라'는 '잇다'와 '따르다'의 합성어이고, '뒤를 이어 따라'의 뜻으로 쓰이는 말입니다. '그분이 들어가자 나도 잇따라 들어갔지'처럼 쓰이는 말입니다.

'잇달아'와 '잇따라'는 하나는 맞고 다른 하나는 틀린 경우가 아닙니다. 게다가 쓰이는 상황도 거의 비슷해서 어느 것을 써도 의미가 크게 달라지지 않고, 뉘앙스만 조금 다를 뿐입니다. 그럼에도 불구하고 이 두 말을 거론하는 이유는, 둘 중 어느 하나를 틀린 말로 아시는 분도 계시지 않을까 싶었기 때문입니다.

사실은 저도 신문에서 이 두 말이 별 차이 없게 쓰이는 것을 보고 어느 하나는 틀린 말이 아닐까 하는 생각을 한 적이 있습니다.

그러니까 우리는 '연달아'의 뜻일 때는 '잇달아'를, '뒤를 따라'의 뜻일 때는 '잇따라'를 쓰면 되겠습니다.

064 징크스 이야기

사람은 본래부터 불완전한 존재입니다. 그래서 신을 믿고 초자연적 존재에게 의지하고, 더러는 비이성적인 믿음까지도 가지고 사는 모양입니다.

세상을 살다 보면 누구나 어떤 액운에 대한 불길한 예감 같은 것을 지니고 살기 마련입니다. 이러한 불길한 예감을 우리는 흔히 '징크스'라고 부릅니다. 사전을 검색해보면 '징크스(jinx)'를 이렇게 풀이하고 있습니다. '불길한 일, 사람의 힘이 미치지 못하는 운명적인 일을 일컫는 말.'

'징크스'라는 말은, 고대 그리스에서 마술(魔術)에 쓰던 딱따구리의 일종인 '개미잡이(wryneck/Jynxtorquilla)'라는 새의 이름에서 유래했다고 합니다. 징크스는 본디 불길한 징후를 뜻합니다. 그런데 불길한 대상이 되는 사물 또는 현상이나, 사람의 힘으로는 어찌할 수 없는 운명적인 일 등을 뜻하는 말로도 쓰입니다.

예컨대 그리스도교도들 사이에서 예수의 죽음과 관계 있는 '13일의 금요일'을 불길한 날로 여기고 꺼리는 일이라든가, 한국인들이 4자(字)가 '죽을 사(死) 자'를 연상시킨다 하여 건물의 층 표시나 병실 번호 등에서 '4'를 제외하는 등의 관습이 '징크스'에 속합니다. 그런데 징크스는 집단적 관습만이 아니고, 아침부터 까마귀가 울거나, 검은 고양이가 앞을 가로질러 지나가면 그날 재수가 없다고 생각하는 일 등 개인적인 예도 징크스라 할 수 있습니다. 특히 운동선수나 바둑 기사 등 직업적으로 승부를 겨루는 사람들, 시험을 앞둔 수험생들 사이에는 여러 가지 독특한 징크스가 있습니다. 그러나 이는 일종의 미신이라 할 수 있습니다. 징크스는 필연적 인과 관계보다는 우연의 결과가 더 많기 때문입니다.

이렇게 볼 때, 다음과 같은 경우는 '징크스'를 잘못 사용하고 있는 예라 할 수 있습니다. 그 이유는 '불길한 조짐'이 아니라 '좋은 예감'이기 때문입니다.

"아침에 장의차를 보면 그날 재수가 좋은 징크스가 있어."

"출근 때 차가 안 막히면 그날 일이 잘 풀리는 징크스가 있어."

"첫 손님이 남자면 그날 장사가 잘 되는 징크스가 있어."

징크스, 그것은 필연적인 인과 관계라기보다는 마음의 문제이다 싶습니다. 그리고 이성과 의지로 슬기롭게 극복하는 것만이 징크스를 깨는 길일 것이라는 생각도 듭니다.

065 한가위만 같아라

한가위는 우리 겨레의 최대 명절 중 하나입니다. 한가위 연휴를 맞이하면 무려 4천만 명이 고향을 찾아 이동한다는 보도가 있습니다. 이를 보면 한가위는 과연 큰 명절이구나 싶습니다.

'한가위'에 대한 기록은 『삼국사기』의 것이 대표적입니다.

> 신라 제3대 유리왕 9년(서기 32년)에 왕이 6부를 정하고 왕녀(공주) 두 사람으로 하여금 각각 부내(部內)의 여자들을 거느리게 하여 두 편으로 편을 짜서 길쌈을 하게 하였다. 7월 16일부터 날마다 6부의 뜰에 모여 길쌈을 하다가 밤늦게야 일을 파했는데 이 일은 8월 15일까지 계속되었다. 8월 보름날 그 공이 많고 적음을 살펴서 지는 편은 술과 밥을 장만하여 이긴 편에게 사례하게 하였는데, 이때에 온갖 유희가 일어나니 이를 가배(嘉俳)라 한다.

고려가요 「동동(動動)」 8월령에도 '가배'라는 말이 나옵니다.

> 8月 보로만 아으 嘉俳나리마난
> 니믈 뫼셔녀곤 오날낤 嘉俳샷다
> 아으 動動다리

해석하면, “8월 보름은 아아 가윗날이지만 님을 모시고 지내야만 오늘이 가윗날이로다. 아아 동동다리”라는 뜻입니다.

그런데 ‘가배(嘉俳)’라는 말은 표기 형식만 한자이지 고유어입니다. ‘절반으로 나누다’를 뜻하는 고어, ‘갑다’의 어간 ‘갑-’에 명사화 접미사 ‘-애’가 붙어서 이루어진 말로 보는 것이 통설입니다. 현대어에서, ‘막다’의 어간 ‘막-’에 접미사 ‘-애’가 붙어 ‘마개’가 된 예를 생각하면 이해하기 쉽습니다. 이 ‘가배’는 ‘가ᄫᅵ’를 거쳐서 ‘가외’가 되고, 다시 ‘가위’로 변했을 것으로 추정됩니다.

‘갑다’의 흔적은 남도 방언에서 두루 보이는바, 절반을 ‘가웃’이라고 쓰는 데서도 확인할 수 있습니다. ‘두 말 반’을 ‘두 말 가웃’, ‘석 자 반’을 ‘석 자 가웃’이라고 합니다. 그러니까 ‘가배’는 그달의 절반, 즉 그 달의 가운데인 ‘보름’과 뜻이 통합니다. 이 ‘가배’에 ‘큰’의 뜻을 지닌 ‘한’이 붙어서 ‘한가위’가 된 것입니다. 이 ‘한가위’를, 뜻이 매우 다른 ‘추석(秋夕)’이라는 한자어로 쓰게 된 것은 훨씬 나중의 일입니다.

‘더도 말고 덜도 말고 한가위만 같아라.’ 풍요롭고 즐거운 명절을 바라는 말로, 이보다 더 적절한 말은 없을 것 같습니다.

066 같아요, 같아요, 같아요

말이란 참 오묘한 것이다 싶습니다. 어법에 맞아도 부자연스러운 경우가 있는가 하면, 어법에 어긋나도 자연스럽게 느껴지는 경우가 있기에 하는 말입니다.

요즘 방송이나 일상 회화에서 흔히 듣게 되는 말이 '~것 같아요'라는 말입니다. 어법상으로 보면 아무 문제도 없어 보입니다. 그러나 '~것 같아요'가 쓰이는 예를 보면 상황에 어울리지 않는 경우가 참 많습니다. 많아도 너무 많습니다.

가령, '또 비가 올 것 같아요', '이제 정말 가을이 온 것 같아요', '그는 오늘 아무래도 못 올 것 같아요', '그 사람 어디 아픈 것 같아요' 등의 경우처럼 객관적 상황에 대한 불확실한 추측의 경우라면 '~것 같아요'가 맞습니다.

그러나 '슬픔이 느껴지는 것 같아요', '난 이것이 더 좋은 것 같아요', '난 조금 우울한 것 같아요', '이게 참 아름다운 것 같아요', '난 이런 사람 싫은 것 같아요' 등의 경우는 그것이 자기 자신의 정서를 표현하고 있다는 점에서 매우 부자연스럽습니다. 남이 아니라 자기 자신의 정서를 짐작하고 추측한다는 일은 있을 수 없기 때문입니다.

그냥 느껴지는 대로, '나, 슬퍼요', '난 이것이 더 좋아요', '나, 지금 우울해요', '참 아름다워요', '난 이런 사람 싫어요'. 이렇게, 당당하고 분명하게 표현하는 것이 좋습니다.

이렇게 말하면, 그건 겸손하게 표현하다 보니 그렇게 된 것이라고 반박하는 분이 계시겠지요. 그러나 남도 아닌 자기 자신의 정서를 추측의 형식으로 표현한다는 것은 누가 뭐래도 부자연스럽습니다.

067 카리스마

한때 '카리스마'라는 말이 유행처럼 많이 쓰이던 때가 있었습니다. 특히 연예인의 외모나 성격을 표현할 때는 빠지지 않고 사용되곤 했습니다. 이 말의 의미를 대충 정리해보면, 우선 외모상으로 상대방을 압도하는 독특한 매력을 갖고 있거나, 성격적으로 개성이 강하고 리더십이나 추진력 등을 갖추었다는 것을 뜻합니다. 일반적으로는 강력한 인상과 호소력, 흡인력 등으로 대중의 마음을 움직여 믿고 따르게 하는 능력이나 자질을 나타낼 경우에 쓰입니다.

카리스마(charisma)란 원래 그리스어로, '은혜', '무상의 선물'이라는 뜻입니다. 다시 거둬들이지 않는 하느님의 선물, 또는 예수가 인간에게 베푸는 은총을 의미했다고 합니다.

이런 의미의 '카리스마'가 위의 예처럼 현대적 개념으로 사용된 것은 독일의 사회학자 막스 베버에 의해서였습니다. 그는 원래 뜻을 확대하여 사회과학의 개념으로 사용하면서, 초자연적 · 초인간적 재능이나 힘을 지칭했습니다. 그리고 이런 재능이나 힘을 지닌 대상에 대한 절대적인 신앙을 근거로 맺어지는 지배와 복종의 관계를 카리스마적 지배로 불렀고, 이를 법률에 따른 합리적 지배나 관습에 따른 전통적 지배와 함께 지배의 한 유형으로 파악했습니다. 막스 베버의 견해를 따른다면, 나폴레옹, 히틀러, 처칠, 케네디, 마오쩌둥 등을 카리스마 있는 인물로 꼽을 만합니다.

언어에는 사회적 상황이 투영되게 마련입니다. 카리스마라는 말이 이토록 자주 쓰이는 것은 그만큼 카리스마에 대한 갈증과 그리움이 깊기 때문일 것입니다. 깊은 믿음으로 기꺼이 따르게 하는 그런 카리스마를 가진 사람이 그리운 시대를 우리는 살고 있는지도 모르겠습니다.

068 면허 이야기

'면허(免許)'라는 말을 사전에서 찾아보면, '국가 기관에서 특정 행위나 영업을 할 수 있도록 허가하는 일'이라고 설명되어 있습니다. 그런데 이 말의 한자를 풀이해보면, '허가를 면제함'의 뜻을 지니고 있습니다. 사전적 의미는 '허가하는 일'이고, 한자의 풀이는 '허가를 면제함'이니 당연히 이 둘은 뜻이 상반되는 것처럼 보입니다.

왜 그럴까요? 이상하게 생각되지 않나요? 저는 그게 이상하게 생각되었거든요.

그건요, 이렇답니다. '운전면허'를 예로 들면, 원래는 운전을 할 때마다 당국의 허가를 얻어야 한답니다. 정말로 그렇게 한다면 허가를 받으러 가는 사람이나 일일이 허가해주는 당국이나 얼마나 번거롭겠습니까? 그래서 일정한 자격을 갖추면 '이 사람은 운전할 때마다 일일이 허가를 얻을 필요가 없다', 즉 '허가를 면제해준다'. 이게 바로 '면허(免許)'라는 말의 본뜻이랍니다.

우리들에게 있어 궁금증은 늘 새로운 사실을 알아보게 하는 고마운 놈이다 싶습니다. 이상한 걸 봐도 궁금하지 않거나, 궁금증 해소를 귀찮게 여긴다면 그만큼 새로운 것을 알 기회가 줄어들 테니까요.

069 우리 부인, 남의 부인

아주 잘생기고 교양도 있어 보이는 유명 탤런트가 대담 프로그램에 나왔습니다. 방청석이나 안방에서나 요즘 말로 '인기 폭발'입니다. 그런데 대담 중 '우리 부인이 어쩌고……'라는 말을 아주 천연덕스럽게 늘어놓습니다. 이 정도면 실소(失笑)를 금할 수가 없습니다.

유명 탤런트뿐만이 아니고 다른 분야의 저명인사도 그런 표현을 쓰는 경우를 더러 봅니다. 혹시 알면서도 아내를 대접하기 위해 그러는지 모르지만, 이거 알고 보면 듣는 사람조차 얼굴이 화끈거리는 말입니다.

'부인'은 한자는 다르지만 음이 같은 두 가지가 있습니다. '婦人(부인)'은 '결혼한 여자'를 지칭하는 말로, '婦女(부녀)'와 같은 뜻으로 쓰입니다.

'아기를 업은 부인(婦人)이 버스를 타고 있었다.'

'남자들은 왼쪽에, 부인(婦人)들은 오른쪽에 서시오.'

'우리 회사의 성장은 부인(婦人)들의 업무 능력 덕분이지요.'

이렇게 쓰이는 말입니다.

'부인(夫人)'은 존칭어로 쓰입니다. 보통 상대를 높이고자 할 때 그의 아내를 높여서 부르는 말입니다.

'박사님, 부인(夫人)께서도 평안하시지요?'

'부인(夫人)께서는 어디 외출하셨나 보군요.'

'이 사람아, 다음에는 꼭 부인(夫人)의 허가를 얻어 오게.'

다만 조선 시대 사대부들은 남의 아내가 아닌 자신의 아내를 '부인(夫人)'으로 부르기도 했는데, 이는 예컨대 '정경부인' 등의 봉작을 받았다거나 해서 사회 신분적으로 그만한 대접을 해야 할 이유가 있었기 때문입니다.

남들에게, 그것도 공식적인 자리에서 자신의 아내를 '부인'으로 부르는 것은 그야말로 망발입니다. 이럴 때는, '제 아내는~', '제 안사람은~', '제 처는~' 정도가 무리 없는 표현일 것입니다.

070 진저리와 넌더리

진저리, 넌더리. 어감은 참 아름다운 말들인데 그 의미라든가, 그게 쓰이는 경우는 결코 그렇지 않습니다.

'진저리'는 소변을 본 직후, 또는 차가운 것을 접할 때, 싫거나 놀라운 일을 당할 때의 짧은 몸 떨림을 가리킵니다. 날카로운 칼에 손을 베인 경험을 떠올리거나, 엄청난 과음을 한 뒤 넘치는 술잔을 생각하면 우리는 '진저리'를 치게 됩니다. 유리 표면을 못 같은 것으로 긁을 때 나는 날카로운 소리를 듣고도 우리는 흔히 '진저리'를 치곤 합니다.

또 하나, 수영장에서 더러 있는 일이죠. 화장실까지 가는 게 귀찮아서 슬그머니 일을 해결한다고 해도 바로 이 '진저리' 때문에 들키고 만다는 우스갯소리도 있습니다. 똑같은 소변이라도 추운 날 한데서 보고 나면 어김없이 이 '진저리'가 뒤따르곤 합니다.

한편, '넌더리'는 너무 싫어서 '진저리'를 치는 일을 뜻합니다. 그러니까 '진저리'를 신체적 반응이라 한다면, '넌더리'는 심리적 반응이라 할 수 있습니다. 신체적 반응이든 심리적 반응이든 그게 '싫음'에 대한 반응이라는 점에서 이 두 말은 사촌쯤 되는 말이라 할 수 있습니다.

071 원숭이와 잔나비

연세가 지긋하신 분들은 '원숭이'를 '잔나비'라고도 합니다. 왜 원숭이를 잔나비라고 하는지 궁금하신 분들을 위해 이 글을 씁니다.

사실 우리말에는 17세기까지만 해도 '원숭이'라는 단어가 없었습니다. 18세기에 와서야 '원숭이 원(猿)' 자와 '원숭이 성(猩)' 자를 합한 한자어 '원성(猿猩)이'가 생겨났고, 한자어인 이 '원성이'가 '원승이', '원생이' 등을 거쳐 오늘날의 '원숭이'가 된 것입니다. 그러니까 오늘날 두루 쓰이는 '원숭이'는 한자어 '원성(猿猩)이'에서 유래한 말이고, 한자어가 고유어로 살아남은 한 예이기도 합니다.

한편 『두시언해』 등 15세기 문헌에는 원숭이 대신 고유어 '납'이 등장합니다. 그래서 '원숭이'를 뜻하는 한자 '猿'의 새김도 '납 원'이라고 했고, 12지 중 원숭이 해인 갑신년의 '신(申)'을 '납신'이라고 새기기도 합니다. 이때 '납'은 바로 '원숭이'의 옛말입니다.

이 고유어 '납'에 '재다'(동작이 날쌔고 재빠르다)의 관형사형 '잰'이 붙어서 '잰나비'가 되고, 이것이 또 오랜 세월 음운 변화를 거쳐서 오늘날의 '잔나비'가 된 것입니다. '재다'의 흔적은 '잰나비' 외에 '재빠르다', '잰걸음', '잽싸다' 등에서도 확인됩니다.

일부 방언에서는 아직도 '잰나비', '잰내비', '잔내비' 등이 쓰이고 있지만 국어사전에 올라 있는 표준어는 '잔나비'입니다.

072 백만 달러? 백만 불?

다 아시는 대로, 우리 한글은 소리글자이고 한자는 뜻글자입니다. 그래서 한자는 각 글자마다 고유한 뜻을 지닙니다. 그런데 한자가 뜻글자임에도 불구하고 뜻은 제쳐두고 소리만 흉내 내어 쓰이는 글자도 있습니다. 이러한 글자의 제자(制字) 원리를 가차(假借)라고 하는데 코카콜라(coca-cola)를 가구가락(可口可樂)으로, 가스등을 와사등(瓦斯燈)으로 쓰는 경우가 그 예입니다.

그런가 하면, 뜻은 물론 소리조차도 제쳐두고 모양을 흉내 내어 사용하는 매우 독특한 경우도 있는데, 영어의 달러를 '불(弗)'로 표기하는 게 그 예입니다. 미국인들이 달러를 '$'로 표시하는 걸 보고 모양이 이와 비슷한 한자를 골라서 쓰다 보니 그게 바로 '불(弗)'이 된 것이랍니다. 弗과 $, 정말 비슷하긴 한 겁니까?

073 금슬과 금실

이 세상의 모든 사물에는 서로에게 딱 어울리는 유일무이한 상대가 있다고 합니다. 맞는 상대와 어울려 사는 존재들은 생명력이 넘치고 행복해합니다. 그러나 그렇지 못한 물상들은 삶 자체가 늘 시름겹기만 합니다.

사람살이의 경우, 특히 사랑의 경우, 서로 맞는 상대를 만나느냐 만나지 못하느냐 하는 건 순전히 운명이지 싶습니다. 중매로 처음 만나 평생을 행복하게 사는 부부가 있는가 하면, 온갖 조건 다 고려해서 고르고 고른 끝에 결혼을 해도 사랑하다 헤어지고 영혼에 상처 입기도 합니다. 그래서 삶 자체가 부담스럽기만 한, 그런 가시버시도 있습니다.

그래서 서양에서는 큐피드의 신화가 수천 년간 살아 숨 쉬고 있고, 동양에는 인연의 끈을 묶어 준다는 월하빙인(月下氷人)의 전설이 아직까지도 전해지나 봅니다.

운명, 운명의 끈. 이런 신비스러운 힘이 우리들의 사랑을 좌우한다고 생각하면 그 운명 앞에 갑자기 숙연해지기도 합니다.

'금슬(琴瑟)'은 본래 '거문고와 비파', 두 악기를 가리키는 말입니다. 거문고와 비파 소리가 서로 잘 어울려서, 사이 좋은 부부간의 정을 '금슬'이라 이르게 되었는데, 민간에서 음이 변하여 오늘날은 '금실'

이 되었습니다.

이제 국어사전에는 '금슬'과 '금실'이 아예 따로 실려 있습니다. '금실'이 언중의 사랑 덕분에 세력을 얻어 딴살림을 차린 셈이지요. 사전에 '금슬'은 거문고와 비파로 나와 있고, '금실'은 '금실지락'의 준말로서 '부부 사이의 다정, 화목한 즐거움'이라고 풀이되어 있습니다.

악기의 소리거나 부부 간의 정이거나, 불협화음보다는 화음이 듣기에도 좋습니다.

074 왼손 이야기

태평 천하애 충효를 일을 삼아

화형제(和兄弟) 신붕우(信朋友) 외다 하리 뉘 이시리

박인로의 가사 「누항사」의 한 구절입니다. 옮겨보면, "태평한 세상에 충과 효를 일을 삼아, 형제간에 화목하고 친구간에 신의를 지키는 것을 그르다고 할 이 누가 있으리?"라는 뜻입니다.

우리가 사는 이 세상은 대체로 다수 중심으로 돌아가고 있습니다. 그래서 소수는 늘 부당한 대우를 받고 소외당하게 마련이지요.

우리의 오른손과 왼손, 매일 쓰면서도 '왼손'의 '왼'이 '그르다'에서 온 말임을 아는 이는 그리 흔치 않습니다. '외다'를 국어사전에서 찾아보면 '물건이 제대로 놓이지 않고 뒤바뀌어 있어 쓰기에 불편하다'로 풀이되어 있습니다. '뒤바뀌어 있어 쓰기에 불편하다'는 말은 오른손잡이 중심의 관점에서 나온 말입니다.

조선 때 사대부 가문에서는 왼손잡이 아이가 태어나면 반역자가 될 운명을 타고났다고 하여 금기로 여겼다고 하니 현대를 사는 우리가 보기에는 정말로 어이가 없습니다. '이단(異端)'을 '좌도(左道)'라고 했는데 여기에도 왼쪽에 대한 편견이 깔려 있습니다.

이렇듯 왼손이 설움을 당한 것은 뿌리가 자못 깊습니다만 이는 왼손잡이가 소수이기 때문이지 그 이상도 이하도 아닙니다.

반면 '오른손'의 '오른'은 '옳다, 바르다'에서 온 말입니다. '오른손'을 '바른손'이라고 하는 것만 봐도 그 어원을 짐작할 수 있습니다. 이런 점에서 보면 '오른손'은 오랜 세월 동안 다수로서의 기득권(?)을 누려온 말이기도 합니다.

한편 왼쪽, 좌익, 좌파는 급진적 개혁파를 뜻하기도 하는데, 영어로도 좌파를 왼쪽이라는 뜻의 'left'를 씁니다. 서양의 '왼쪽' 내력은 1792년, 프랑스 혁명정국의 국민의회와 관련이 있습니다. 당시 의장석에서 볼 때 왼쪽에 급진파(자코뱅당), 중앙에 중간파, 오른쪽에 온건파(지롱드당)가 의석을 잡은 데서 유래된 말입니다.

좌파, 좌익은 그때의 자코뱅당이 그러했듯이, 개혁 지향의 정치 세력이나 인물을 가리킵니다. 반면, 우파는 자연스럽게 변화를 싫어하는 보수적 세력이나 인물을 지칭하게 됩니다. 좌파, 좌익, 이 말은 특히 우리 민족에게는 한이 서린 말이기도 합니다.

그건 그렇고요, 왼손을 가만히 내려다보면 측은한 마음이 듭니다. 제 할 일 다 하고, 아무 잘못도 없는데 수천 년 동안 이렇듯 부당한 대우를 받아오고도 항의 한마디 못 합니다.

오늘 하루, 혹여 왼손처럼 소외당하는 일 없으시기를 빕니다.

075 신발과 족발

자연계의 모든 생물은 환경에 적응하기 위해 꾸준히 진화를 한다고 합니다. 그러나 자세히 관찰해보면 반드시 진화만 하는 것은 아니랍니다. 한편에서는 진화하고 다른 한편에서는 퇴화하기도 한답니다. 그런데 거시적 관점에서 보면 이 퇴화조차도 진화의 일부라는 것이 과학자들의 보편적 견해랍니다. 그런데 말입니다, 언어에도 생명이 있어서 그럴까요? 언어 또한 진화도 하지만 한편으론 퇴화도 하는 듯싶습니다.

'신발'이라는 말도 옛날엔 그냥 '신'이었습니다. 언제부턴가 여기에 터무니없게도 '발'이라는 말이 붙었습니다. 요즘에는 '신'보다는 '신발'이 더 자연스럽게 들릴 정도로 '신발'이 이미 세력을 얻었습니다. '발'은 '신'의 주인인 셈인데 왜 '신' 뒤에 붙어서 쓰이는지 알다가도 모를 일입니다.

'족발'도 그렇습니다. 먹는 음식을 그냥 '발'이라고 하기에 꺼림칙해서 그랬을까요? 발을 뜻하는 한자어 '족'에다가 똑같은 뜻의 '발'을 하나 더 붙여서 이젠 아무렇지도 않게 '족발'로 씁니다. '담장'도 그렇습니다. 원래는 담이었는데, '담'의 뜻을 지닌 한자 '장(墻)'이 붙어서 이제 '담장'으로 쓰이고 있습니다.

이뿐이 아닙니다. 그물에 '망'이 붙어서 '그물망'이 쓰이는가 하면,

'그때'와 뜻이 똑같은 '당시'를 겹쳐서 '그때 당시'로 쓰기도 합니다.

신발, 족발, 담장, 그물망 등등, 그 형성 과정을 어법으로만 보면 일종의 퇴화라고 할 수 있습니다. 이치에 맞지 않기 때문입니다. 하기야 세상 일이 어디 이치에 맞게만 돌아가던가요?

076 짝퉁

정보화 사회의 특징 중 하나는 변화의 속도가 빠르다는 것입니다. 모든 것이 너무 빨리 생겨나고, 사라지고, 바뀌어버려서 조금만 무관심하게 지내면 세상 물정 모르는 사람 되기 일쑤입니다.

요즘 신문이나 텔레비전을 보다 보면 '짝퉁'이라는 말을 심심찮게 만나게 됩니다. 저는 맨 처음에 이 말이 '짝궁'이랑 비슷한 말인 줄 알았습니다. 그런데 문맥을 보니 그게 아니었습니다. 당연히 국어사전에도 없는 말입니다. 이럴 때 결국 인터넷 검색을 해보는 수밖에 없습니다. 그런데 거기 설명된 어원도 시원하진 않았습니다.

'가짜'를 속어로 '짜가'라고 한다는 것은 우리도 알고 있는 사실입니다. 이 '짜가'에, 부정적인 사물에 흔히 붙는 '퉁이'가 붙어서 '짝퉁'이 되었다는 설명입니다. 가짜 → 짜가 → 짜가퉁이 → 짝퉁, 이렇게 되는 셈입니다.

미련퉁이, 곰퉁이의 '퉁이'를 인정한다 하더라도 '짝퉁이'가 아니고 그 꼬리마저 잘라버린 '짝퉁'이 쓰이고 있다는 점에서 그 어원 설명이 썩 마음에 들지는 않습니다. 그러나 그 밖에는 또 다른 설명이 없기에 우리로선 그나마 믿을 수밖에 없기도 하고요.

이 아침, 이런 생각이 듭니다. 힘겹게 이런 말들 다 따라잡아서 무엇 하자는 것인가. 세상이야 어떻게 돌아가든, 빠르게 돌아가든 말든, 그냥 외면하고 살면 그만이지. 그러나 그게 어디 그렇게 되던가요? 아무리 어려워도, 아무리 숨차도 그럭저럭 따라갈 수밖에요.

제가 싱거우나마 이런 글 올리는 이유도 바로 이렇게 설명이 되는 셈입니다.

077 밥 이야기

서양 사람들은 주로 빵을 먹고 우리는 밥을 먹습니다. 서양 문화가 빵 문화라면 우리 문화는 밥 문화입니다. 그래서 밥과 관련된 우리말 어휘는 서양 사람들이 놀라 자빠질 정도로 발달되어 있습니다. 똑같은 '밥'이라도 때와 장소에 따라 다르고, 상황에 따라 다르며, 먹는 주체에 따라서도 다릅니다.

우선, 재료에 따라 여러 가지 밥이 있습니다. 흰 쌀로 지은 쌀밥, 다른 재료를 섞어 지은 좁쌀밥, 수수밥, 콩밥, 옥수수밥, 감자밥, 무밥, 콩나물밥, 꽁보리밥, 잡곡밥 등등.

또, 먹는 상황에 따라 달리 부르기도 합니다. 옥에 갇힌 죄수에게 넣어주는 구메밥, 김을 맬 때 나와서 먹는 기승밥, 신령에게 제사 지내려고 지은 노구메, 드난살이하면서 얻어먹는 드난밥, 들일을 하는 사람들에게 내오는 들밥, 일을 하다가 잠깐 쉬는 동안에 먹는 새참 등등.

그리고 지어낸 상태나 조리 방법에 따라 각각 달리 부르기도 합니다. 그릇 위까지 수북이 담는 감투밥, 고봉밥, 먹고 남은 밥을 가리키는 군밥, 대궁밥, 솥바닥에 눌어붙은 누룽지, 그 누룽지에 물을 넣어 끓인 눌은밥, 찬밥으로 다시 짓는 되지기, 한쪽은 질게 짓고 한쪽은 되게 짓는 언덕밥, 팥을 삶은 물에 밥을 짓는 중등밥, 찹쌀이나 멥쌀로 시루에 쪄내는 지에밥 등등.

또 똑같은 밥이라도 먹는 주체에 따라 달리 부릅니다. 하인들이 먹으면 입시, 양반들이 먹으면 진지, 임금님이 드시면 수라, 죽은 혼령이 먹으면 메 등등. 이쯤만 해도 서양 사람들 놀라고도 남지요.

이런 아름다운 말들이 차츰 사라져가고 있습니다. 문화가 바뀌면 말도 바뀌니까 그럴 수밖에 없겠다 싶으면서도 아쉬움은 남습니다. 그나마 우리들 세대조차 가고 나면 이런 말들은 사전 한구석에나 살아남아 명맥을 잇고 있겠지요.

우리말, 그 자부심과 서글픔을 함께 느끼게 하는 순간입니다.

078 어수룩한 사람

어수룩하다, 말이나 행동이 숫되고 후하다. 되바라지지 않고 조금 어리석은 듯하다. '어수룩하다'의 사전 풀이입니다.

우리는 누구나 어수룩하지 않으려고 은연중 애를 쓰면서 살고 있습니다. 어수룩하게 살다 보면 아무래도 손해 보는 일이 많기 때문일 것입니다. 그래서 그럴까, 주변을 둘러보면 어수룩한 사람은 찾아보기 어렵고 똑똑한 사람들만 넘쳐납니다.

저는 자신이 어수룩한 사람인지 아닌지 잘 모릅니다. 그런데 한 가지 확실한 것은 우리가 좋아하는 사람은 똑똑한 사람, 잘난 사람, 약은 사람이 아니고 어수룩한 사람이라는 사실입니다. 우리가 그런 사람을 좋아하는 이유는 그 어수룩한 사람으로부터 무슨 득을 보겠대서 그런 것이 아니고 그러한 사람들 옆에 있으면, 경계심이나 긴장감보다는 최소한 편안함을 느끼기 때문일 것입니다.

옛 성현들도 지나치게 똑똑한 것을 경계했습니다. 수지청즉무어(水至淸則無魚), 인지찰즉무도(人至察則無徒). 물이 너무 맑으면 고기가 없고, 사람이 너무 정확하면 친구가 없다면서요.

그런데 이 '어수룩하다'라는 말과 비슷한 말로 '어리숙하다'가 있습니다. 아마 '어리석다'의 영향 때문인지 언중이 표준어 '어수룩하다' 대신 비표준어 '어리숙하다'를 더 많이 쓰게 되었습니다. 언중의 선택을 많이 받다 보니 이제 '어리숙하다'도 어엿하게 표준어 자리 하나를 차지하여 표제어로 자리를 잡았습니다.

'어수룩하다'와 '어리숙하다', 뜻도 똑같고 음도 비슷해서 다소의 혼란을 느끼게도 했던 이 말이 언중의 사랑을 등에 업고 이제 새 문패를 달았습니다.

저와 같이 어수룩한 사람들을 위해 오늘도 어리숙한 말만 잔뜩 늘어놓았습니다.

079 괴발개발

글씨를 되는대로 아무렇게나 써놓은 모양을 이르는 말로 '괴발개발'이 오래도록 쓰였습니다. 고양이(괴) 발자국이나 개 발자국처럼 무질서하다는 뜻에서 생긴 말입니다.

그런데 '괴발개발'보다 '개발새발'이 훨씬 자주, 두루 쓰이다 보니 '개발새발'도 표준어의 자격을 얻고 의젓하게 딴살림을 차렸습니다. 의미론적 관점에서 보면 고양이와 개의 사이보다, 개와 새와 관계가 훨씬 멀어 보여서 '개발새발'이 어색해 보이는 것도 사실입니다. 그러나 어쩌겠어요, 언어 대중이 그렇게 선택한 것을. 언중의 선택이 절대적이라는 사실을 여기서도 확인할 수 있습니다.

옛날에는 인물을 평가하는 기준이 '신언서판(身言書判)'이었습니다. 용모와 풍채[身], 말씨와 언변[言], 글재주와 글씨[書], 사물에 대한 판단력[判].

그런데 문명이 발달하다 보니 붓으로 글씨를 쓰는 대신 자판만 두드리면 되는 세상이 되었습니다. 그래서 글씨 못 쓰는 게 흠이 될 리도 없게 되었습니다. 자판을 두드리면 글씨 잘 쓰는 사람이나 못 쓰는 사람이나 다 똑같으니까요. 그러나 맞춤법을 비롯한 국어 공부를 소홀히 하여 망신을 당하는 일은 아직도 여전합니다.

전에 어떤 국회의원이 공개석상에서 '이재민(罹災民)'을 '나재민'으로 읽어서 웃음거리가 된 일이 있었습니다. '이(罹)'와 '나(羅)'의 생김새가 비슷하긴 하지만, 뜻을 생각하면 있을 수 없는 실수를 한 것입니다.

또 어느 아나운서 출신 국회의원은 어느 기관을 방문한 후 방명록에 글을 남겼는데 '꿋꿋하게'를 '꿎꿎하게'라고 적어서, 아나운서 출신 맞느냐고 누리꾼들이 한동안 들썩거리던 일도 있었습니다.

사람이면 누구나 실수를 할 수 있습니다. 다만 신분이 그러하고, 출신이 그러할진대 해서는 안 될 실수를 한 게 문제였다 싶습니다. 저처럼 평범한 사람이라면 크게 문제 될 일도 아닌데, 신분이 국회의원이다 보니 누리꾼들의 입질에 오를 수밖에 없었겠지요. 영어 단어 철자를 틀리면 부끄러워해도 우리말 잘못 쓰는 것은 대수롭지 않게 여기는 일, 이것도 일종의 사대주의다 하는 생각이 듭니다.

080 명태, 임연수어, 오징어

삼라만상은 모두 이름이 있습니다. 우리는 이름을 통해서 사유합니다. 행복이라는 어휘를 모르면 행복을 생각할 수도 없는 이유가 여기에 있습니다. 하이데거가 '언어는 존재의 집'이라고 말했던 이유도 바로 여기에 있습니다. 눈(snow)이 내리지 않는 열대의 사람들은 눈이라는 단어도 없을뿐더러 눈을 생각할 수도 없다고 합니다.

옛날 옛적에 한 어부가 처음 보는 고기를 잡았습니다. 이 어부는 임금님에게 가지고 가서 그 고기의 이름을 물었습니다. 그랬더니 임금님이 되물었습니다.

"너는 어디 사는 누구냐?"

"명천 사는 태서방이옵니다."

"명천 사는 태서방이라? 그러면 명태라고 해라."

이게 '명태'라는 생선 이름의 민간어원입니다. 그 명천 태서방 덕분에 우리는, 명태, 생태, 동태, 황태, 북어, 명란젓, 창란젓, 아가미젓 등을 고마운 줄도 모르고 잘 먹고 삽니다.

흔히 '임연수'라고 부르는 '임연수어'도 비슷한 민간어원이 있습니다. 맨 처음 그 물고기를 잡은 어부의 이름이 임연수(林延壽)여서, 그 물고기 이름도 '임연수어'가 되었다는 이야기가 전해지고 있습니다.

한편, 오징어는 그 색깔이 검붉다고 해서 검을 오(烏), 붉을 적(赤),

오적어(烏赤魚)라고 불렀습니다. '오적어'가 민간에서 음이 변하여 오징어가 되었습니다. 지금의 오징어는 한자와는 상관도 없는 고유어 이름이 되어서 널리 쓰이고 있습니다.

"너는 나에게 나는 너에게/잊혀지지 않는 하나의 눈짓이 되고 싶다."라고 한 김춘수 시인의 「꽃」의 구절처럼, 오늘 아침은 우리도 꽃이 되면 좋겠습니다. 우리의 빛깔과 향기에 알맞은 이름을 누군가가 불러주면 참 좋겠습니다. 그래서 우리 모두 한 떨기 꽃이 될 수 있다면!

081 비, 비, 비

비 오는데 들희 가랴 사립 닷고 쇼 머겨라.

마히 매양이랴 잠기 연장 다사려라.

쉬다가 개는 날 보아 사래 긴 밧 가라라.

심심은 하다마는 일 없을손 마히로다

답답은 하다마는 한가할손 밤이로다

아희야 일즉 자다가 동트거든 일거라.

— 윤선도, 「하우요(夏雨謠)」

농사철에 비가 오면 농부들은 우선 쉬게 되어 좋습니다. 소나 먹이고 쟁기랑, 연장 손질이나 해두었다가 비가 개면 다시 일을 하면 됩니다.

한문 때문에 우리말을 외면하던 조선 시대에 우리말을 가장 감칠맛 나게 구사한 시인 윤선도, 그 윤선도의 「하우요(여름비 노래)」에도 바로 이런 정서가 묻어납니다.

아무리 그렇다고는 해도 비가 웬만해야지요. 장마전선이 오르락내리락하면서 물러갈 줄 모르고 비를 계속 퍼부을 때가 있습니다.

윤선도의 시조에 보면 장마가 '마'로 나옵니다. 장마는 보통 길게 이어지니까 원래의 '마'에 '긴 장(長)' 자가 붙어 장마가 되고, 여기에 다시 비가 붙어 장맛비가 되었습니다. 저는 개인적으로 옛날처럼 그냥 '장마비' 했으면 좋을 텐데, 하는 생각이 듭니다. 우선 발음하기도 그렇고, 어법을 따져 봐도 그렇습니다. 의미 구조가 같은 새소리는 '샛소리'라고 하지 않아도 아름답게 잘만 들리잖아요?

그건 그렇고요. 내친김에 좀 찾아봤더니 비에도 참 여러 가지가 있습니다. 우선 빗줄기의 굵기에 따라,

안개비 : 빗줄기가 아주 가는 비

는개 : 안개비보다 조금 굵고 이슬비보다 좀 가는 비

이슬비 : 아주 가늘게 오는 비, 보슬비

가랑비 : 가루처럼 내리는 비

억수 : 물을 퍼붓듯이 세차게 내리는 비

장대비 : 굵은 빗발이 쉬지 않고 세차게 내리는 비

작달비 : 굵직하고 거세게 퍼붓는 비

다음은, 내리는 양과 기간에 따라

여우비 : 햇빛이 있는 날 잠깐 오다가 그치는 비

소나기 : 갑자기 세차게 쏟아지다가 그치는 비

궂은비 : 끄느름하게 오래 두고 오는 비

큰비 : 내리는 양이 한꺼번에 많이 쏟아지는 비

장맛비 : 일정 기간 계속해서 많이 오는 비

여기서 장맛비는 다시 몇 가지로.

봄장마 : 봄철에 오는 장마

건들장마 : 초가을에 쏟아지다가 반짝 개고, 또 내리다가 개고 하는 비

늦장마 : 제철이 지난 뒤에 오는 장마

억수장마 : 여러 날 계속하여 억수로 퍼붓는 장맛비

다음은, 비의 효과에 따른 이름.

단비 : 알맞게 오는 비

약비 : 오랜 가뭄 끝에 내리는 비

찬비 : 내린 뒤에 추위를 느끼게 하는 비

웃비 : 비가 계속 올 것으로 생각되지만 실제로는 좍좍 내리다 그치는 비

먼지잼 : 겨우 먼지나 재울 정도로 조금 오는 비

개부심 : 장마에 큰물이 난 뒤 한동안 쉬었다가 한바탕 내리는 비

이쯤 되면 우리말 어휘, 참 대단하다 싶지 않나요?

082 호프집에서 호프 한 잔

가을이 성큼 다가섰습니다. 대낮엔 이마가 벗어질 정도로 뜨거운 햇살이 내리쬐지만 아침저녁으론 제법 선선한 바람이 불고, 저녁엔 홑이불이 허전할 정도입니다.

가을이 주는 의미는 제가끔 다르게 마련입니다. 농부는 수확을 생각하고, 연인들은 결혼을 생각하며, 학구적인 사람들은 독서를 생각하고, 영혼이 외로운 사람들은 여행을 생각합니다. 그리고 우리 같은 술꾼들은 아무래도 되살아날 술맛을 생각하게 됩니다. 술꾼들이야 누가 뭐래도, 찬바람과 함께 오는 그 진짜 술맛을 알기 때문이죠. 살기도 어려운데 팔자 좋게 웬 술타령이냐고 나무라시면 달게 받겠습니다. 제 경우에는 아무래도 술 없는 세상은 상상하기 힘들기 때문입니다.

술꾼들, 소주를 거나하게 하고 나면 으레 입가심을 핑계로 호프집을 찾는 순서가 우리네 음주 문화인 듯싶습니다. 호프집에 가서 시원하게 호프나 한잔…….

그런데 호프라는 말은, 알고 보면 그렇게 쓸 말은 아닙니다. '호프'에는 두 가지 말이 있는데, 영어 hop(호프, 홉)와 독일어 Hof(호프)가 그것입니다.

먼저, 호프(hop)는 맥주의 중요한 첨가물로 맥주 특유의 향기와 쓴

맛을 주는 식물입니다. 방부 능력이 있어 단백질의 혼탁을 방지하고, 잡균의 번식을 억제하여 맥주의 부패를 방지하며, 맥주를 맑고 깨끗하게 해줄 뿐만 아니라, 맥주 거품을 만들어내는 데에도 지대한 영향을 끼칩니다.

여러해살이 덩굴 식물인 호프 재배에는 북한의 고원지대가 적지(適地)이지만 한랭한 강원도 횡성 지방에서도 많이 재배되고 있습니다. 그러나 우리나라는 호프의 생산량이 모자라서 상당 부분을 독일, 미국 등 외국으로부터 수입한다고 합니다.

다음으로, 호프(Hof)는 독일어로 앞마당을 가리키는 말입니다. 유럽을 가보신 분들은 아시겠지만, 해가 나는 날이 드물어서 맥주도 대체로 실내보다는 집 앞 마당, 또는 광장에서 마십니다. 그래서 Beer Hof, 즉 맥주 광장이라는 말도 널리 쓰입니다. 그러다 보니 앞마당이라는 뜻의 호프가 슬며시 맥줏집의 뜻으로 확대되기에 이른 것입니다. 그런 것을 우리는 전후사정 덮어두고 실내에서 파는 집도 아예 호프집이라고 하고, 그것도 모자라 아예 맥주 자체를 호프라 하기도 합니다.

우리가 마시는 건 맥주 자체이지, 그 원료인 호프(hop)나 앞마당인 호프(Hof)가 아니니까 '호프집'은 아무래도 부자연스럽다 싶습니다.

그러나 누가 뭐라고 해도 사람들이 그렇게 쓰면 그 말이 세력을 얻는 법, 머잖아, 아니 어쩌면 이미 지금, 그렇게 굳어진 말인지도 모릅니다.

오늘은 엉뚱하게도 술이야기 한마당 어지럽게 늘어놓았습니다.

083 대박과 쪽박

언제부턴가 우리 사회에는 대박을 꿈꾸는 풍조가 만연하고 있습니다. 로또 대박, 부동산 대박, 경마 대박, 영화 흥행 대박, 심지어 수능 대박까지 그 종류도 자못 다채롭습니다.

사회의 풍조가 그렇다 보니, 잇속에 밝은 사람들은 초조하고 불안한 사람들의 심리를 이용하여 대박의 꿈을 부추기기도 합니다. 사상 초유의 집단 시험 부정 사건으로 나라 안이 온통 시끌벅적한 적이 있습니다. 이 또한 대박 풍조의 연장선에 놓여 있음을 누구도 부정할 수 없습니다.

어려운 여건을 극복하고 하나씩, 둘씩 힘들여 모아서 바라는 바를 이루려고 하기보다는 단번에, 한꺼번에 이루려는 이른바 대박 풍조. 이건 누가 뭐래도 건전한 풍조는 아니다 싶습니다. 대박 자체는 나쁜 것이 아니지만 이를 지나치게 기대하다 보면 법을 어긴다든지, 남의 것을 탐한다든지, 무리를 하게 마련이니까요. 너도 나도 무리하게 되면 또 서로에게 피해나 불안감을 주게 마련이고, 사회 구성원끼리 불안감을 가지고 상대하는 사회는 건강한 사회라고 볼 수 없습니다.

'대박', '엄청나게 돈을 따거나 벌게 되는 행운이나 복'. 국어사전의 풀이입니다.

너도 나도 꿈꾸는 대박, 이 '대박'의 어원은 분명치가 않습니다. 어떤 이는 '큰 배'의 뜻을 지닌 '대박(大舶)'에서 왔을 거라고 주장하지만 의미 관계를 생각하면 아무래도 억지가 느껴지고요.

혹시 금은보화가 쏟아진 흥부의 큰 박에서 온 건 아닌지. '대박'의 서술어가 어김없이 '터지다'인 걸 봐도 그렇고, 함지박, 뒤웅박, 쪽박 등의 박자 돌림 단어들을 봐도 그렇고, 저는 아무래도 이쪽이 솔깃해 집니다.

갑자기 부자가 되면 대박이 터졌다고 하고 어느 날 빈털터리가 되면 쪽박을 찼다고 한다는 데에 이르면 흥부네 대박의 어원에 제법 확신이 들기도 합니다.

저는, 대박도 말고, 쪽박도 말고 그저 제 능력만큼만, 제 분수만큼만 누리고 살게 해주십사 하고 맘속으로 빌면서 살아가고 있습니다.

대박, 왕대박, 그거 깨지면 쪽박만도 못하거든요.

084 육두문자

말에도 맛이라는 게 있습니다. 그래서 감칠맛 나는 말도 있고 구수한 말도 있으며, 싱거운 말, 씁쓸한 말도 있습니다.

육두문자(肉頭文字)란 본래 음탕하거나 상스러운 말인데도 이를 적절히 쓰면 말이 구수해집니다. 육두문자까지도 천박스럽지 않게 구사하는 능력, 이거야말로 언어 구사의 최상의 경지이지 싶습니다.

고기 육, 머리 두, '육두(肉頭)'. 살로 된 머리? 고기 머리? 참 별게 다 있구나 싶었습니다. 알고 보니 그건 바로 남성의 심벌이었습니다. 뼈도 없는 살이 머리처럼 돌출되어서 그렇게 불렀나 봅니다. 참 나 원! 나 원 참!

그 '육두'와 관련된 음탕한 말이 바로 '육두문자(肉頭文字)'인 셈이지요. 그깐 게 무슨 '문자'냐고 할지 모르지만 이런 게 바로 우리 선인들의 해학이었습니다. 도둑을 '대들보 위의 군자', 즉 '양상군자(梁上君子)'라고 하듯이 음담패설을 문자에다 빗대어 육두문자(肉頭文字)라고 한 것이지요.

때로는 살을 뜻하기도 하고 때로는 고기를 뜻하기도 하여 그때그때 달라지는 '육(肉)'은 많은 경우에 성(性)과 관련된 의미로 쓰입니다. 육정(肉情)이 그러하고, 육욕(肉慾)이 그러하며, 육담(肉談), 육덕(肉德)이 다 이와 관계가 있습니다.

상스러운 욕을 점잖게 '문자'라고 하는 능청, 이게 바로 우리 선인들의 해학이었다 그 말입니다.

085 살과 끼

'살(煞)'이란 '사악한 기운'을 뜻합니다. 민간신앙에서 말하는 바, 사람에게 병, 재앙 따위를 일으킨다고 생각되는 어떤 기운으로, 실체를 알 수 없거나, 막연히 악한 귀신의 것이라 여겨지는 해롭고 독한 기운이 바로 '살(煞)'입니다. 살은, '살이 내렸다', '살을 맞았다', '살이 끼었다' 등으로 쓰입니다.

김동리의 「역마」라는 소설에는 '역마살'을 타고난 청년 이야기가 나옵니다. 타고난 살을 이겨내려고 여러 가지 노력을 하지만 끝내 역마살을 극복하지 못하고 결국에는 역마살의 운명에 순응하게 된다는, 한 청년의 슬픈 사랑 이야기입니다.

우리 선인들은 이 살(煞)을 늘 조심하고 두려워하면서 살았습니다. 그래서 '급살 맞을 놈'이라고 하면 가장 큰 욕이 되기도 했습니다.

그리고 살에는 여러 가지 종류가 있습니다. 한곳에 지그시 눌러 있지 못하고 여기저기 돌아다니게 된다는 '역마살', 이성들로부터 지나친 관심을 끈다는 '도화살', 배우자 없이 평생 홀로 살아야 한다는 '공방살', 남들의 웃음거리가 된다는 '망신살' 등이 대표적입니다.

일상 속에서 마주치는 살의 종류도 다양합니다. 현대인들이 보면 터무니없는 운명론쯤으로 치부하겠지만 마냥 무시해버리기엔 찜찜한 일면이 있습니다.

한편, '기(氣)'라는 것도 있습니다. 그중 '바람기'는 '이성과 함부로 사귀거나 관계를 맺는 경향이나 태도, 또는 연예에 대한 타고난 재능, 혹은 그것을 발휘하고자 하는 강한 욕구', 국어사전은 이렇게 풀이하고 있습니다. '기'를 속어로 '끼'라고도 합니다.

살과 끼, 도화살과 바람기. 따지고 보면 옛날의 '도화살'이 요즘의 '끼'인 셈인데 옛날에는 두려워하고 꺼리던 그 '도화살'이 요즘에는 자랑스러운(?) 무기가 되어, 대중의 사랑도 받고 엄청난 돈도 벌고 있으니 가치관의 변화에서도 무상감을 느낍니다.

086 개개비 둥지의 뻐꾸기 알

우리말에는 우리 민족의 얼이 배어 있습니다. 일제강점기 시절 일본이 우리말 말살 정책을 쓴 것도 바로 우리 민족의 얼을 빼앗기 위한 것이었습니다. 일제에 의한 36년의 지배, 우리 민족의 얼에 깊은 상처를 남기기에 충분한 시간이었나 봅니다. 그러기에 광복한 지 80년이 다 되었어도 우리말에는 일제의 잔재가 고스란히 남아서 우리 민중의 사랑(?)을 받고 있습니다.

요즘에는 뻐꾸기 소리를 많이 듣습니다. 산밑 동네에 살다 보니 청아한 그 소리에 아침잠을 깨기도 합니다. 뻐꾸기는 가증스럽게도 남의 둥지에다 알을 낳습니다. 가증스럽다고 표현하는 이유는 체구가 비슷하지도 않게 작은 새의 둥지에 알을 낳아두고 부화, 양육을 모두 작은 새에게 떠맡기는 얌체짓을 하기 때문입니다.

36센티미터 덩치의 뻐꾸기가 알을 낳는 둥지는, 13센티미터 정도의 뱁새나, 18센티미터 정도의 개개비 둥지입니다. 뱁새나 개개비는 자신의 알보다 훨씬 큰 뻐꾸기의 알을 자신의 알과 함께 품어서 부화시키는데, 기묘하게도 뻐꾸기의 알이 며칠 빨리 부화합니다. 뱁새 부부가 먹이 찾으러 둥지를 떠난 사이, 둥지에서는 비극이 일어납니다. 눈도 안 뜬 뻐꾸기의 새끼는 집주인의 알을 몽땅 등으로 밀어서 둥지 밖으로 떨어뜨립니다. 뱁새가 물어다 주는 먹이를 독차지하기 위한 본능적 행동이랍니다. 땅에 떨어진 뱁새 알은 깨져서 개미 밥이 되고 맙니다. 참으로 무서운 본능이고 참으로 무서운 비극입니다. 이제 뻐꾸기 새끼가 어미 뱁새의 유일한 자식이 되고 그 작은 뱁새는 자신보다 덩치가 훨씬 큰 뻐꾸기 새끼를 키웁니다. 온종일 먹이를 물어다 키우는데 덩치가 큰 만큼 아무리 먹여도 더 달라고 극성입니다. 한때, 황새 따라가려다가 가랑이가 찢어질 뻔했던 뱁새가 이번에는 제 새끼 떨어뜨려 죽인 원수를 온 힘을 다해 키워냅니다. 이 모든 상황을 매일 지켜보고 지내는 어미 뻐꾸기는 온종일 주변에서 목청껏 노래만 부르면 됩니다. 이 노래를 매일 들은 뻐꾸기 새끼는 이소(離騷)할 때가 되면 미련 없이 노래의 주인공인 친어미를 따라 둥지를 떠납니다. 뻐꾸기의 이런 탁란(托卵)의 생태를 알고 나면, 그 노래가 아무리 아름다워도 그 가증스러움에 혀를 내두르게 됩니다.

그런데 알고 보면 자연 생태계에만 그런 현상이 있는 것은 아닌 듯합니다. 우리말 속의 일본어, 우리 얼 속의 일본 얼, 다 비슷한 형태라고 하면 지나친 말일까요?

우리 얼이 이쯤 되니까, 그만큼 허약하니까, 독도도 자기네 땅이라고 우기고 그쪽 의원들이 울릉도를 방문하겠다고 나서며, 우리나라 학자들 중에도 이에 동조하는 무리가 사라지지 않는다고 생각합니다.

그들, 이른바 식민사학자들의 글을 읽다 보면, 뱁새나 개개비 둥지 안의 뻐꾸기 알이 연상됩니다. 식민사학자들의 목소리는 뻐꾸기 소리처럼 아름답지조차 않으면서, 목청이 큰 것은 꼭 빼어 닮았습니다.

"가죽으로 된 건 비싸고요, 레자로 된 건 값이 좀 헐한데……."

점원이 친절하게 설명하는 이 '레자'라는 말은 일본어화한, 잘못 쓰이는 영어입니다. '가죽'을 뜻하는 영어 'leather(레더)'가 일본식의 발음으로 '레자'가 됩니다.

일본인들의 엉터리 영어 발음이 세계적으로 알려져 있다는 사실을 우리는 이미 알고 있습니다. 그런데 이 'leather(레더)'가 희한하게도 '가죽'과 다른 뜻으로, 즉 '인조가죽'의 뜻으로 둔갑한 것입니다. 그러니까 똑같은 뜻의 '가죽'과 '레자'가 하나는 천연가죽, 다른 하나는 인조가죽으로 분화를 한 셈입니다. 이는 마치 어린이들이 '찬물'은 손 씻는 물, '냉수'는 마시는 물로 잘못 알고 있는 것과 비슷합니다.

그런데 이런 말은 한둘이 아닙니다. 몇 가지 예를 보면 이렇습니다.

구사리(면박), 구좌(계좌), 기라성(빛나는 별), 나가리(깨짐), 나래비(줄서기), 다스(타), 다싯물(맛국물), 단도리(채비, 단속), 뗑깡(생떼), 레지(다방 종

업원, register), 만땅(가득), 무데뽀(막무가내), 비까비까하다(번쩍번쩍하다), 세무가죽(새미가죽, chamois), 십팔번(애창곡), 엑기스(진액, extract), 옥도정기(요오드팅크, Jodtinktur), 조끼(잔, jug), 함바(현장식당), 요지(이쑤시개) 등등.

일본어인지도 모르는 우리 국민들에게 사랑을 받고 쓰이는 우리말 속의 일본어, 자기 새끼로 알고 열심히 먹이를 물어다가 자신보다 더 큰 뻐꾸기 새끼를 키우는 개개비. 둘 사이에 유사성이 보이지 않나요?

087 껍질과 껍데기

신동엽의 시 「껍데기는 가라」를 아십니까. 1960년대 독재와 부정부패의 시대적 상황에서 순수의 열정으로 당대 현실을 강하게 거부한 절규. 혁명을 정치적으로 이용하는 불순 세력에 대한 경고, 동학혁명과 사일구, 광주 항쟁의 순수한 민족 정기.

껍데기, 쇠붙이를 거부하는 한편, 4월의 알맹이, 동학년 곰나루, 중립의 초례청 앞에 서서 맞절하는 아사달 아사녀, 향그러운 흙가슴을 통해 정의, 자유, 민주 등을 염원하고 있습니다.

껍데기는 물론 알맹이와 대립적인 뜻으로 사용되는 말입니다. 그리고 '껍데기'와 비슷한 말로 '껍질'이 있습니다. 우리는 대체로 구분하지 않고 쓰지만 따지고 보면 좀 다릅니다. '껍데기'는 속을 싸고 있는 단단한 물질. '껍질'은 물체의 거죽을 싸고 있는, 딱딱하지 아니한 물질의 켜. 그래서 호두나 달걀, 조개 등의 경우에는 껍데기가 맞고 바나나, 사과, 손바닥 등의 경우에는 껍질이 맞습니다.

'조개 껍질'이라 해도 어색하고 '사과 껍데기'라 해도 어색합니다. 조개 껍데기는 단단하여 속살과 이질적이고, 사과 껍질은 부드러워 사과의 과육과 동질적이기 때문입니다.

신동엽 시인이 "껍데기는 가라./사월도 알맹이만 남고/껍데기는 가라"라고, '껍질' 대신 '껍데기'를 쓴 걸 보면 사일구의 순수한 저항

정신과, 그걸 이용이나 하려는 정치꾼들, 퍽이나 이질적인 존재들이 었나 봅니다.

어느덧 사월도 중순, 여의도의 윤중로에도 벚꽃이 피었다는 소식입니다. 사월 하면 대뜸 4 · 19를 생각하는 세대, 그런 세대는 사월이 되면 신동엽 시인의 이 시를 생각하곤 합니다.

T.S. 엘리엇의 잔인한 사월, 그러나 한편 가슴 설레는 사월, 이 봄, 아름답게 가꾸시기 바랍니다.

088 미망인

우리는 별 생각 없이 말을 하는 경우가 허다합니다. 별 생각 없이 하다 보니 잘못 쓰는 말도 꽤 많습니다.

미망인이라는 말도 그런 말 가운데 하나입니다. '미망인(未亡人)'을 글자 그대로 풀이하면 '죽지 못한 사람'이 됩니다. 남편이 죽었으니 응당 따라 죽어야 할 사람인데, 함께 죽지 못한 죄 많은 사람입니다. 그래서 남편이 죽은 여자를 보고 '미망인'이라고 하면 망발도 그런 망발이 없습니다. 남편을 잃고 슬픔에 빠진 사람에게 '응당 죽어야 할 사람'이 살아 있다고 나무라는 듯한 뉘앙스를 생각하면, 남에게는 도저히 쓸 수 없는 말이라는 것을 쉽게 알 수 있습니다.

이런 의미에서, '미망인(未亡人)'이라는 말은 남이 아니라 미망인 자신만이 사용할 수 있는 말입니다. "저는 누구누구의 미망인 아무개입니다."는 '응당 죽어야 할 제가 이렇게 살아 있는 죄인, 아무개입니다.'라는 뜻이 되는 것입니다. 조선 시대 가부장 문화의 화석 같은 말이라 할 수 있지요.

세상이 변해도 참 많이도 변했습니다. 세상이 변하면 문화도 변합니다. 남편이 죽는다고 따라 죽다니요. 세상은 변했는데, 순장이나 하던 시대의 말을 아무 생각 없이 사용한다면 엄청난 실수를 하게 되는 것이지요.

제3부

소인배는 있어도 대인배는 없다

089 우연히, 우연찮게

'우리 만남은 우연이 아니야. 그것은 우리의 바램이었어.'

이런 노랫말이 있습니다.

우리의 만남은 우연이 아니고, 운명 같은 것도 아니고, 우리의 '바람', 즉 소망 때문에 이루어졌다는 뜻으로 이해가 됩니다. 이런 논리를 갖추고 있으니까, '바람'을 '바램'으로 잘못 쓰고 있는 점 외에는 그렇게 문제 될 게 없다고 생각합니다.

그런데, 언제부턴가 우리는 주위에서 '우연찮게'라는 말을 자주 듣게 되었습니다. 문제는 '우연찮게'라는 말 자체가 아닙니다. 실제 상황에서 그 말의 전후 맥락을 살펴보면 어김없이 '우연찮게'를 '우연히'의 동의어로 쓰고 있다는 점이 문제입니다.

참으로 이상한 일이지요. 왜 '우연히'라는 말을 써야 할 곳에 정반대로 '우연찮게'라는 말을 쓰는 걸까요. 그것도 마치 유행처럼, 그렇게 쓰는 사람이 점점 늘어나고 있는 것일까요. 믿기지 않으시면 텔레비전이나 라디오 등을 시청할 때 한번 유의해서 들어보세요. 어렵지 않게 그 말, '우연찮게'를 만날 테니까요.

아마 별 생각 없이 따라하다 보니까 그렇게 되는 것 같습니다. 비록 다수의 언중이 그런 표현을 선호한다 해도 제 생각엔 바람직하지 않아 보입니다.

090 손절하다

언제부터인가 주변에서 '손절하다'라는 표현을 자주 듣게 됩니다. 텔레비전 화면의 자막이나 인터넷 기사의 제목에서도 이 표현을 어렵지 않게 만날 수 있습니다. 이 단어의 문맥적 의미를 보면 '서로 관계를 끊다' 정도로 짐작이 됩니다. 그런데 국어사전에도 이런 맥락에 어울리는 풀이는 없습니다.

'손절(孫絕)하다'는 '절손하다'라고도 쓰이는데 이는 '대를 이을 자손이 끊어지다.'의 뜻입니다. 또, 손절매(損切賣)라는 경제 용어가 하나 있는데 이 또한 '관계를 끊다'라는 의미와는 거리가 멉니다. 앞으로 주가(株價)가 더욱 하락할 것으로 예상하여, 가지고 있는 주식을 손해를 감수하고, 매입 가격 이하로 파는 일이라고 풀이되어 있습니다.

그렇다면 유행어처럼 쓰이는 이 '손절하다'는 어떻게 생겨난 것일까요? 어떤 상대와 관계를 끊는 일, 즉 '손을 끊는 일'을 '손절하다'라고 쓰기 시작한 것은 아니었을까요?

'손을 끊다→손(손을)절하다(끊다)' 저는 아무래도 이쪽에 혐의가 느껴집니다. 사람들이 이를 무심코 따라하다 보니 그 말이 제법 격식을 갖춘 글에서 쓰이게 될 정도로 유행하게 된 것은 아닐까요? 누가 뭐래도 정체불명의 틀린 말입니다. 좀 멋있어 보일지 몰라도 따라하지 않는 것이 좋겠습니다.

091 어마무시하다

어떤 대상의 규모, 숫자, 위력 등이 놀라울 때, 우리는 '어마어마하다', 또는 '무시무시하다'라는 말을 씁니다.

그런데 요즘 참 많은 사람들이 이 둘의 교배종 같은 '어마무시하다'라는 말을 쓰고 있습니다. 이 둘을 섞어서 쓰면 그 표현 효과가 두 배가 되기나 하는 것처럼 그렇게 말하는 사람들이 계속 늘어나고 있습니다. 그러나 한 가지 분명한 것은 어감상, 중첩어의 강조 효과가 '교배종'의 강조 효과보다 크다는 사실입니다. 그러니까 굳이 이 둘을 섞어서 '교배종'을 만들어야 할 이유가 없다는 뜻입니다. 저는 '설마' 하면서도 사전을 확인해보기까지 하였습니다. 당연히 '어마무시하다'라는 말은 아직 없습니다. 너도나도 다 그렇게 쓰는 날이 오면, 이 말도 사전에 표제어로 등장할지도 모르겠습니다. 그러나 아직은 아닙니다.

그 말의 표제어 등장을 앞당기기 위하여, 틀린 말을 일부러 계속 쓰는 것도 아니라면, 덮어놓고 따라서 써야 할 이유는 없는 것 같습니다.

이런 내용 많이 쓰다 보면, 자칫 시비 걸기 좋아하는 것처럼 보일까 봐 조마조마합니다. 이런 심정, 이해해주시리라 믿습니다.

092 지라시

현대인은 누구나 정보의 홍수 속에 살아가고 있습니다. 홍수라는 말은 이로움보다는 해로움이 연상되는 단어입니다. 정보란 본래 사람에게 이로움을 주고자 생기는 것입니다. 그런데 그게 많아도 너무 많아서, 홍수처럼 오히려 해롭고 위험하다는 뉘앙스를 담고 있는 말이 바로 정보의 홍수라는 말입니다.

그 정보가 유익하기만 한 것이라면 아무리 많아도 크게 걱정할 일은 아닙니다. 그런데 정보의 양이 많아지다 보니 거기에는 가짜 정보, 해로운 정보도 끼어들게 마련입니다. 이런 가짜 정보, 해로운 정보를 지칭하는 말로 '지라시' 혹은 '찌라시'라는 말이 많이 쓰입니다.

그런데 '지라시', '찌라시'는 일본어입니다. 자국어를 금지당하고 일본어를 강요당했던 과거를 아는 우리는, 일본어에 대해서는 어쩔 수 없이 반감을 가지게 됩니다. 국가의 국어 정책도 무분별하게 사용되는 일본어를 가급적 우리말로 순화시켜 쓸 것을 권장하고 있습니다. 그래서 '지라시'보다는 '가짜 뉴스'나 '가짜 정보'를 쓰면 좋겠다 싶은 것이 제 생각입니다.

한편 범람하는 가짜 뉴스의 사회 문제는 우리만 겪는 것이 아닙니다. 영어권에는, 정보를 뜻하는 인포메이션(information)과 전염병을 뜻하는 에피데믹(epidemic)의 합성어로, 인포데믹(infodemic)이라는 신조어가 생긴 지 오래라고 합니다.

사회가 변한 만큼 말도 변해서 머리도 복잡해지는, 그런 세상을 우리는 살고 있습니다.

093 알, 댕구알, 댕구알버섯

알이라 하면 우리는 대뜸 조류의 알을 떠올립니다. 조류 외에도 파충류나 어류 등 알을 낳는 동물이 많지만 우리가 가까이에서 쉽게 접하는 것이 닭, 오리, 거위 등 새의 알이기 때문에 그러는 것이 아닌가 싶습니다.

대부분의 알은 동글동글한 모습을 지니고 있습니다. 그러다 보니 동그란 물건을 '~알'이라고 이름 붙인 경우도 참 많습니다. 눈알이 그렇고, 콩알이 그렇습니다. 안경알은 납작하지만 동그랗기 때문에 그렇게 부르고 있고, 우리가 아플 때 먹는 약도 '알약'이라고 부릅니다. 총알, 대포알, 댕구알도 둥근 모양 때문에 붙은 이름입니다.

'댕구알'을 잘 모르는 이도 있을 것 같습니다. 조선 시대에 만든 대형 화포를 대완구(大碗口)라고 했는데, 한자를 그대로 풀이하면 '큰 그릇 주둥이'쯤이 되겠다 싶어서 웃은 적이 있습니다. 이 대완구가 민간에서 음이 변하여 '댕구'가 되었습니다. 한문에 어둡거나 양반들이나 쓰는 한자에 거부감이 있는 다수의 언중들은 어원 따위에 얽매이지 않고 대충 편한 대로 불렀습니다. 그러다 보니 대완구 알이 '댕구알'이 된 것이지요.

댕구는 구경(口徑)이 무려 30센티미터나 되는데, 돌덩이나 쇳덩이를 둥그렇게 갈아 만들어서 댕구알, 즉 포탄으로 썼다고 합니다. 이 무거운 댕구알을 화약과 함께 장전하여 쏘았으니 사거리(射距離)가 길 리가 없었습니다.

그리고 현대의 포탄은 지상에 떨어지면 파열이 일어나 수많은 파편이 생기고 그것이 살상의 기능을 하지만 옛날의 댕구알은 목표 지점에 떨어져도 그 대상만 파괴할 뿐 파편이 많이 생기지 않아서 인명 살상의 위력이 현대의 포탄에는 못 미쳤다고 합니다. 강화도에 쳐들어온 서양 군대의 군인들이 조선의 댕구알을 보고는 많이 웃었을 것으로 상상이 됩니다.

한편, 댕구알을 닮은 댕구알버섯이라는 것도 있습니다. 고급 요리에 쓰인다는 이 댕구알버섯은 거의 축구공만 한 것도 있는데 주로 호텔에서 요리할 때 쓰이고, 그 값도 꽤 비싸다고 합니다.

요컨대, 말이란 생명력이 있어서 화석처럼 불변의 모습으로 쓰이는 것이 있는가 하면, 그 의미가 확대되고 수없이 분화하여 본래의 말과 전혀 다른 모습으로 재탄생하기도 합니다.

094 밥, 실밥, 톱밥, 대팻밥

우리 민족은 밥의 민족입니다. 그래서 과거에 인사할 때도 '진지 잡수셨어요?' 했고, '한국인은 밥심(밥힘)으로 산다'는 말을 자주 듣기도 합니다. 요즘은 밥보다 더 좋은 것이 많이 나와서 그런지, 아니면 대중매체들이 탄수화물 섭취를 하도 경계해서 그런지, 매년 쌀 소비량이 엄청나게 줄고 있다고 합니다. 소비량이 줄다 보니 수확량도 매년 줄고 있는데도 쌀이 남아돌아서 또 걱정이랍니다. 농민들은 남아도는 쌀, 정부가 수매해 가라고 집단 시위를 하고 정부는 어쩔 수 없이 사들여서 창고에 쌓아두고 관리를 하는데, 거기에 드는 돈만도 매년 수백억에 이른다고 합니다.

그렇게 큰돈 들여 관리를 해도 너무 오래되어 변질될 만하면, 과자 공장으로, 사료 공장으로 헐값에 팔기도 한다는 기사를 읽었습니다.

'밥'이 이렇듯 중요해서 그럴까요? 밥은 다른 어휘에도 끼어들어 자연스럽게 쓰이고 있습니다. 실밥, 톱밥, 대팻밥 등에도 터무니없이 '밥'이 들어가고, 개구리밥, 까치밥의 밥도 진짜 밥은 아니지요. 가축들에게 주는 사료도 대부분 밥이라고 했으며, 심지어 벽시계가 멈추면 '시계 밥 줘라.' 하기도 했습니다. 이렇게 폭넓은 '밥의 용례'만 봐도 우리 민족은 꼼짝없이 '밥의 민족'이다 싶습니다.

095 임부, 산부, 임산부

요즘 지하철을 타면 '임산부를 위한 좌석'이라고 표시되어 있고, 대체로 비어 있는 좌석들이 칸마다 몇 개씩 있습니다. 저출산 시대여서 그 자리의 주인들이 드물어서 그런지, 아니면 그녀들이 몸이 무거우니까 외출을 삼가서 그런지, 그 자리는 대체로 비어 있을 때가 많습니다.

'임산부(姙産婦)'라는 말은 임부(妊婦)와 산부(産婦)의 합성어입니다. 임부는 아이를 임신한 여성이고, 산부는 아이를 갓 출산한 여성입니다. 임부로 입원하여 곧 산부가 될 산부인과 병실이 아니라면 임부와 산부를 합해서 임산부라고 써야 할 이유가 없습니다. 만약 그런 이유가 정말 있다면 병원 간판도 '산부인과'가 아니라 '임산부인과'라고 바꿔 달아야 할 것입니다.

임부, 산부, 이 좋은 말들을 놔두고, 왜 임산부라는 부정확한 말만 편애하는지 저는 그 이유를 모르겠습니다.

096 혈압 재실게요

말이란 참으로 불가사의한 점이 많습니다. 누가 시작했는지, 언제부터 왜 그랬는지, 말도 안 되는 말들이 버젓이, 일반화되어 쓰이기도 합니다.

"주사 맞으실게요."

"혈압 재실게요."

"약 드실게요."

병원에 가면 간호사들이 마치 약속이나 한 듯이 저런 식으로 말합니다. 그게 전혀 멋져 보이지도, 고급스러워 보이지도 않건만 병원마다 일반화되어 널리 쓰이고 있습니다. 간호사들이 다 그렇게 쓰니까 이제는 일부 의사들도 따라서 쓰고 있습니다. 신기하게도 병원 이외의 장소에서는 그런 화법을 들어본 적이 없습니다.

그런데 저런 부당한 화법은, 특정 집단이 자기들끼리만 통하려고 쓰는 '은어'도 아니고 잠시 동안 쓰이다가 사라지는 '유행어'도 아닙니다. 어법에 맞지 않은 말을 그렇게 자연스럽게, 널리 쓴다는 사실이 그저 놀랍기만 합니다.

'-ㄹ게요'는 1인칭 주어와 호응하는 서술어입니다. '내가' 미래에 어떤 일을 하겠다는 의지를 나타낼 때 쓰는 서술어가 '-ㄹ게요'입니다. 그런데 자신이 하겠다는 것이 아니라 상대가 하게 될 일을, 마치 자기가 할 것처럼 말하는 것입니다.

위의 예는 당연히, "주사 놔드릴게요.", "혈압 재드릴게요.", "약 드릴게요." 등으로 써야 어법에 맞습니다.

이 하찮은 글을 우리나라의 간호사분들이 가급적 많이 본다면 참 좋겠습니다.

097 경신과 갱신

한자어 '更新'은 '경신'과 '갱신', 두 가지로 읽는데, 어떻게 읽느냐에 따라 뜻이 달라집니다.

국어원의 표준국어대사전 내용을 옮기기로 합니다.

경신

① 이미 있던 것을 고쳐 새롭게 함. (≒갱신)

–종묘 개량 경신.

–노사 간에 단체 협상 경신 문제를 놓고 협상을 벌였다.

–그의 이론은 논리학과 철학에 경신을 일으켰다.

② 기록경기 따위에서, 종전의 기록을 깨뜨림.

–마라톤 세계 기록 경신.

③ 어떤 분야의 종전 최고치나 최저치를 깨뜨림.

–무더위로 최대 전력 수요 경신이 계속되고 있다.

–주가가 반등세를 보이며 연중 최고치 경신이 가능할 것으로 보인다.

갱신

① 이미 있던 것을 고쳐 새롭게 함. (=경신)

–자기 갱신, 환경 갱신, 동맹 갱신.

②『법률』 법률관계의 존속 기간이 끝났을 때 그 기간을 연장하는 일. 계약으로 기간을 연장하는 명시적 갱신과 계약 없이도 인정되는 묵시적 갱신이 있다.

–계약 갱신, 비자 갱신, 운전면허 갱신.

내용이 그리 단순하지 않습니다. 그래서 힌트 몇 가지를 보기로 합니다.

첫째, 이미 있던 것을 '새롭게' 고치는 것이면 '경신'. 기한이 끝나서 '다시' 고치는 것이면 '갱신'으로 기억하기.

둘째, 한자 '更'을 '고칠 경', '다시 갱'으로 기억하기.

셋째, 기록이면 경신, 기한이면 갱신으로 기억하기.

098 일절, 일체

요즘은 그런 골목을 찾기가 쉽지 않지만, 옛날 무교동 뒷골목을 걷다 보면 자주 눈에 띄는 빛바랜 글씨가 있었습니다. 그것은 '안주 일절'이었습니다.

한자로 '一切', 이 말도 독음이 '일절'과 '일체' 두 가지입니다. '一切'을 '일절'이라고 읽으면 '전혀', '도무지'의 뜻을 지닌 부사가 되고, 이는 '아니다', '없다', '못하다' 등의 부정적인 서술어와 호응합니다.

'一切'를 '일체'라고 읽으면, '모든 것', '온갖 것'의 뜻을 지닌 명사가 되어, '안주 일체를 갖추고'처럼 쓰입니다.

그러니까 '안주 일절'이라고 쓰면, 그것은 "우리 집엔 안주라고는 전혀 없습니다."를 줄인 말처럼 되어버려서 술집 주인의 의도와는 정반대가 되고 맙니다. '안주 일체'라고 써야 "닭똥집, 닭발, 붕장어, 멍게, 해삼 등등, 우리 집은 별별 안주를 다 갖추고 있습니다." 이런 뜻이 되는 것이지요.

별 생각 없이 쓰는 한마디가 쓴 사람의 의도와 다르게 이해되는 경우를 우리는 종종 봅니다. 그런 경우를 보면서도 우리는 바로잡아줄 수 있는 경우는 거의 없어서 안타깝습니다.

099 건넌방, 건넛방

요즘에는 아파트에 사는 사람들이 많고, 한옥에 사는 사람들은 드뭅니다. 또 한옥에 산다 하더라도 옛날의 집들처럼 집 형태가 잘 갖추어진 전통 한옥에 사는 분은 드문 편이어서 이런 단어를 구분하여 기억하는 일이 자칫 부질없어 보이기도 할 것입니다. 그러나 우리는 어차피 '우리말숲 산책'을 떠났으니, 낯선 야생화 하나를 만나는 그런 기분으로 한옥의 방 이야기 하나를 살펴보기로 합니다.

정통 한옥의 구조를 보면, 가옥 전체의 중심을 이루는 안방이 있고, 안방 문 앞에 대청마루가 있으며, 대청마루 맞은편에 건넌방이 있습니다. 그런데 안방의 맞은편 방이 아니라 단순히 건너편의 방을 지칭할 때는 '건넌방'이라 하지 않고 '건넛방'이라 불렀습니다.

대청마루를 사이에 둔, 안방 맞은편의 방은 '건넌방', 안방과 상관없이 단순히 건너편의 방은 '건넛방'이라는 것인데요, 이렇게 구분하여 쓰는 것이 섬세하여 아름다운 것인지, 쓸데없이 복잡한 것인지는 잘 모르겠습니다.

다만 우리 선조들은 혼란을 피하기 위해서 그랬는지, 양자를 이렇게 구분하여 썼다고 합니다.

100 카타르시스

삶이 팍팍하니까 치유가 필요한 것이 많아져서 그런지, 요즘에는 '힐링'이라는 말을 참 자주 듣습니다. 관광지에서도 듣고, 숲속이나 바닷가에서도 듣습니다.

이 외래어를 어른들도 많이 쓰고 아이들도 따라서 씁니다. 유심히 들어보면 백이면 백, 치유라는 말 대신 '힐링'을 씁니다. 아마도 '치유(治癒)'라는 한자어는 낯설고 '힐링(healing)'이라는 영어는 낯익은가 봅니다. 이 또한 언어의 '유행성'과 무관하지 않아 보입니다.

한때 요즘의 '힐링'처럼 유행했던 말로, '카타르시스(katharsis)'라는 말이 있습니다. 그리스어인 이 말이 주목을 받게 된 것은 아리스토텔레스의 『시학(侍學)』에 쓰이면서부터라고 합니다. 원래 이 말은 '배설, 설사하다'의 뜻으로 쓰이던 의학용어였답니다. 속이 거북할 때 설사를 하고 나면 속이 후련해집니다.

비극의 효과 또한 이와 비슷하다는 관점에서, 연극 용어의 하나로 이 '카타르시스'를 사용하게 되었습니다. 비극의 결말은 서사의 주인공인 영웅의 죽음으로 끝이 납니다. 주인공인 영웅이 죽으면 관객은 눈물을 펑펑 쏟게 되는데, 그러고 나면 속이 후련해지는 효과를 맛보게 된다고 합니다. 이른바 아리스토텔레스가 말하는 비극의 효과인 것이지요.

그렇게 쓰이던 이 말이 이번에는 문학으로 넘어오게 됩니다. 문학 작품을 읽고 나면 영혼이 깨끗해지는 듯한, 이른바 '정화 작용'을 체험하게 되는데, 이 또한 카타르시스라는 것이지요.

의학에서 연극(비극)으로, 연극에서 다시 문학으로, 자리를 옮겨 가면서 쓰이는 이 카타르시스! 정보의 홍수 속에서 하루하루 지치면서 표류하는 현대인들에게 가장 필요한 것이 바로 카타르시스가 아닐까요?

우리들의 이 산책도 함께하는 이들에게 눈곱만큼이라도 그런 효과가 있다면 참 좋겠습니다.

101 작열과 작렬

작열(灼熱)과 작렬(炸裂), 한자도 다르고, 뜻도 다른데 함께 다루게 된 이유는, 뜻밖에도 이 두 단어의 발음이 똑같이 [장녈]이기 때문입니다.

작열(灼熱)은 '불 따위가 이글이글 뜨겁게 타오름. 몹시 흥분하거나 하여 이글거리듯 들끓음을 비유적으로 이르는 말'이라는 의미로, '여름 하늘의 작열하는 태양'처럼 쓰입니다. 한편 작렬(炸裂)은 '포탄 따위가 터져서 쫙 퍼짐. 박수 소리나 운동 경기의 공격 따위가 포탄 터지듯 터져 나옴을 비유적으로 이르는 말.'이라는 뜻으로, '폭죽 같은 홈런의 작렬'처럼 쓰입니다.

한자도 다르고 뜻도 다른 이 두 단어의 발음이 왜 똑같아야 하는지, '작렬(炸裂)'은 그렇다 치더라도 '작열(灼熱)'의 음이 왜 [자결]이 아니고 [장녈]이어야 하는지, 저는 그 이유를 모르겠습니다. 이유를 모르는 데서 그치지 않고, 마음에 안 들기조차 합니다. [자결]이라고 읽으면 '자결(自決)'로 오해할까 봐, 설마 그래서 그런 것은 아니겠지요?

좌우간 우리가 기억할 것은, 한자도 다르고 뜻도 다른 이 둘의 발음이 똑같이 [장녈]이라는 사실 하나뿐입니다.

102 소인배? 대인배?

소인배(小人輩)라는 말이 자주 쓰이다 보니 그 상대어로 대인배(大人輩)라는 말을 쓰는 사람들이 늘고 있습니다. 그러나 이는 잘못입니다. 잘못이니까 사전에도 '소인배'는 있어도 '대인배'는 없습니다. 그리고 앞으로도 사전에 오를 수 있는 말이 아닙니다.

'소인(小人)'은 작은 사람이라는 뜻을 지니지만, 이 경우에는 키나 체구가 작은 사람이 아니라 사람됨, 인격 등이 수준에 못 미치는 사람을 일컫습니다. 그리고 한자 '배(輩)'는 무리를 뜻하는데, 무뢰배(無賴輩), 시정잡배(市井雜輩)라고 할 때의 그 '배(輩)'입니다.

이른바 소인들은 보통 혼자 다니지 않고 무리 지어 다닙니다. 겁이 나서 혼자는 못 다니고 무리 지어 다닙니다. 그냥 다니기만 하는 것이 아니라 몰려다니면서 못된 짓을 많이 하는 것이 소인의 특징입니다. 그런데 '대인(大人)'은 그렇지 않습니다. 무리 지어 다니는 일도 없고, 남에게 해를 끼치지도 않습니다. 『사서삼경(四書三經)』에 수없이 등장하는 '군자(君子)'라는 말이 '대인(大人)'과 비슷한 말입니다. 흔히 서양의 '젠틀맨'과 비슷하기도 합니다.

무리 지어 다니지도 않는 인격자를 '대인배'라고 일컬으면 그야말로 망발입니다. 대인은 무리 지어 다니지도 않고 못된 짓을 하지도 않으니까요. 요컨대 소인배는 있어도 대인배는 없습니다.

103 플래카드, 현수막

선거철이 되면 거리나 벽에 수많은 현수막이 내걸립니다. 그것을 거는 사람은 표를 얻어보겠다는 몸부림이겠는데 선거철에만 내걸리는 너무 많은 현수막은 보는 이를 웃음 짓게 하는 것이 아니라 눈살을 찌푸리게 합니다. 그리고 이런 현수막의 내용들은 대부분 과장이거나 허위가 많은 것이 특징입니다.

'현수막'이란 '선전문이나 구호 따위를 적어 걸어놓은 막'입니다. 그런데 이 현수막을 현수막이라고 부르지 않고 프랑카드, 프랑카트, 플랜카드, 플래카드 등 여러 가지로 부릅니다. 그래서 어느 것이 맞는지 혼란스러워하는 사람도 있습니다.

이 가운데 정확한 외래어는 '플래카드(placard)'입니다. 그리고 영어권 사람들은 이 플래카드보다 '배너(banner)'를 훨씬 더 많이 쓴다고 합니다. 제 생각에는 '플래카드', '배너', 다 버리고 그냥 '현수막'을 썼으면 참 좋겠습니다.

물론 그보다 더 좋은 것은 현수막 없는 깨끗한 거리겠지요?

104 꼬시다, 보듬다, 갈구다

지방에서 서울로 막 올라온 대부분의 사람들은 고향에서 쓰던 사투리를 버리고 서울말을 쓰려고 노력합니다. 사투리를 쓰면 '촌놈' 취급당할까 봐 걱정도 되고, 이제는 서울 사람이니까 거기에 어울리는 말을 써야 한다는 각성도 작용한 심리적 변화일 것입니다.

1936년에 사정한 '한글 맞춤법 통일안'은 "현재 중류사회에서 쓰는 서울말"을 표준말로 정했습니다. 그러나, '중류사회'의 개념적 모호성 때문에 적지 않은 논란을 겪었습니다. 하류사회 사람은 사람도 아니냐는 저항도 있었고, 그럼 상류사회 사람들은 뭐가 되느냐는 불만도 있었습니다.

그러다가 1988년 문교부(교육부)는 '한글 맞춤법'과 '표준어 규정'을 새로 고시하면서, 표준어를 "교양 있는 사람들이 두루 쓰는 현대 서울말"로 수정하였습니다. 여기서 다시 교양이란 무엇이냐, 누가 교양 있는 사람이냐, 같은 논란이 뒤따랐지만 예전만큼 심하지는 않았습니다.

그런데 말입니다. 표준어가 결코 전부는 아닙니다. 각 지방의 사투리도 충분히 가치가 있습니다. 그 지방 사람들 특유의 정감의 교류는 물론이고, 변화가 빠른 서울의 말보다 변화가 훨씬 느린 사투리에 생생한 중세어의 자질이 보존되고 있다는 사실도 그렇습니다.

사투리의 이런 특수함 때문인지, 적지 않은 사투리가 언중의 사랑을 많이 받게 되고, 그러다 보니 사투리라는 오명(?)을 벗고 버젓이 표준어로 편입되기도 합니다.

'거시기, 꼬시다, 보듬다, 갈구다' 등은 오랜 세월 사투리로 분류되다가, 표준말로 편입되었습니다. 말하고자 하는 내용이 선뜻 생각나지 않을 때 '거시기'를 써보세요. 제법 감칠맛이 납니다. '꼬시다'도 '유혹하다'보다 구수한 어감이 있습니다. '보듬다'도 '안다'보다 포근한 느낌이고요, '갈구다'도 사람을 교묘하게 괴롭혀 귀찮게 하는 느낌이 제대로 전해지는 말입니다.

이런 맛깔스러운 말들 몇 개 기억해두면, 요즘 유행하는 '굿즈' 몇 개 마련하는 것보다 훨씬 뿌듯하고 유용할 것입니다.

어디선가, "피이!" 하는 소리가 들리는 듯합니다. 설마 콧방귀 소리는 아니겠지요?

105 삭월세와 사글세

'삭월세(朔月貰)'는 비표준어이고 '사글세'가 표준어입니다. 표준어가 '삭월세'에서 '사글세'로 바뀐 이유는, "어원에서 멀어진 형태로 굳어져서 널리 쓰이는 것은, 그것을 표준어로 삼는다."라는 표준어 규정에 의한 것입니다.

좀 더 쉽게 말하면, 어원으로는 '삭월세'가 맞지만, 어원에서 멀어진 '사글세'가 '삭월세'보다 더 널리 쓰이니까 그것을 표준어로 삼는다는 것입니다.

정말로 다수의 사람들이 '삭월세'보다 '사글세'를 더 썼는지 저는 선뜻 이해가 안 됩니다. 어원이라는 것이 이렇게 쉽게 무시될 수도 있는지 그것이 의아하다 그 말입니다. '삭월세'가 어려우면 차라리 '달세'로 썼으면 더 좋았을 텐데, '달세'는 '사글세'보다 언중에게 인기가 없었나 봅니다.

한자 '삭(朔)'은 '초하루'라는 뜻과 '달(month)'이라는 뜻이 있습니다. 예를 들면, 삭망(朔望)은 초하루와 보름이라는 뜻이고, 만삭(滿朔)은 '달이 꽉 차다', 즉 '출산 달이 다 찼다'는 뜻입니다.

한편, 국어사전은 '삭월(朔月)'을 천문학 용어로 분류하고, '초하룻날의 달'로 풀이하고 있는데, 여기서 달은 '다음 달'의 '달'이 아니라 '해와 달'의 '달'이어서 다소 엉뚱하다는 느낌이 들었습니다.

어쨌든 '삭월'은 한 달이고 '세(貰)' 빌려 쓴 값입니다. 어원이 분명한 '삭월세'가 표준어가 아니고, 널리 쓰인다는 이유로 '사글세'가 표준어가 되었다는 점, 기억하시기 바랍니다.

106 옥수수와 강냉이

'옥수수'라는 말은 식물로서의 옥수수와 열매인 옥수수, 둘 다 가리키는 말입니다. 옥수수는 멕시코 등 남미가 원산지인데 놀랍게도 '볏과'의 식물로 분류되고 있습니다.

그리고 상당히 많은 사람들이 '옥수수'는 표준어이고, '강냉이'는 사투리인 줄 아는 데 그렇지 않습니다. 옥수수나 강냉이나 표준어인 것은 맞는데, 각각의 뜻에는 다소의 차이가 있습니다.

'옥수수'가 식물과 열매를 포괄하는 명칭임에 반하여 '강냉이'는 열매로서의 옥수수만을 의미합니다. 그리고, '강냉이'는 의미가 분화하여 '튀긴 옥수수'의 뜻으로 더 많이 쓰입니다.

아이들이 찬물은 세수하는 물이고, 냉수는 마시는 물이라고 잘못 알고 있듯이 옥수수는 표준어, 강냉이는 사투리로 알까 봐 잔소리를 좀 늘어놓았습니다.

옥수수수염차라도 한잔 하고 싶은 아침입니다.

107 반지와 가락지

반지와 가락지의 차이를 아시나요? 반지는 하나로 된 것, 가락지는 쌍으로 된 것이랍니다. 가락지는 장식으로 손가락에 끼는 두 짝의 고리를 가리키는데, 쌍가락지라는 말은 있어도 '쌍반지'라는 말은 없습니다.

반지의 유래는 놀랍게도 선사시대까지 거슬러 올라갑니다. 반지는 여자가 아니라 남자가 끼던 것이라는 점도 의외이고, 끼는 위치도 약지가 아니고 중지였다는 점도 뜻밖입니다. 반지의 재질은 처음에는 동물의 뼈였다가 구리, 철, 은, 금, 옥 등으로 변천해왔습니다.

우리나라 반지의 유래도 신라시대로 거슬러 올라갑니다. 신라 고분에서 출토된 것을 중심으로 고찰해보면, 반지는 허리띠, 머리장식 등과 함께 주요 장신구 중 하나였으며, 은이나 금이 대부분이고 옥으로 된 것도 더러 있었습니다. 반지의 머리는 마름모꼴이었고, 그 머리에는 대부분 무늬를 새겼는데, 그 마름모꼴 안에 옥이나 비취옥을 박기도 하고, 꽃모양을 새긴 것도 있었습니다.

그리고 반지는 끼는 이의 손가락 굵기에 따라 누구나 벌릴 수 있게 뒤쪽이 열려 있었고, 지금과 달리 한쪽 손에만 낀 것이 아니라 좌우 양쪽에 다 끼기도 했습니다.

저는 반지 낀 손가락이 맨 손가락보다 더 아름답다는 생각을 단 한

번도 해본 적이 없습니다. 그러다 보니 결혼반지도 받기를 사양하였고, 임관할 때 나누어주던 학군단 반지도, 술값이 늘 모자라던 군대 시절, 외상 술값으로 맡기는 용도로 썼습니다. 초록색 큐빅이 박혀 있던 그 반지도 고작 14K라서 술집 주인들이 조금 꺼리던 일이 기억에 남아 있습니다. 지금 생각하면 조금 부끄럽습니다.

108 계시다, 있으시다

외국인이 한국어를 배울 때 가장 어렵게 느껴지는 부분이 바로 높임말이라고 합니다. 그런데 높임법이란 외국인에게만 어려운 게 아니고, 모국어를 사용하는 우리들에게도 그리 쉽지만은 않은 것 같습니다. 가령, 친지 집안의 결혼식에 갔을 때 우리는 흔히 사회자의 이런 말을 듣게 됩니다.

"다음엔 아무개 주례 선생님의 주례사가 계시겠습니다."

아니, 주례사가 계시다니요? 물론 이 말은 틀린 말입니다. 얼핏 보기에는 주례를 높이는 말이니까 문제가 없어 보이지만, 그게 아닙니다. 높임법에는 아시는 대로 직접 높임과 간접 높임이 있습니다.

'주례'는 직접 높임의 대상이지만 '주례사'는 주례를 높이기 위한 간접 높임의 대상입니다. 따라서 '주례사가 계시겠습니다'가 아니라 '주례사가 있겠습니다'라고 해야 맞습니다. 주례사를 '계시다'라고 말하면 사람이 아닌 주례사를 높이는 결과가 되어버려서 아주 우스운 꼴이 됩니다. 높여 말하고 싶다면 '아무개 선생님께서 주례사를 하시겠습니다.'라고 하면 되고요.

조금 어려우시죠? 사실 이렇게 아는 척해도 저도 늘 자신이 없습니다.

109 십 년 앞, 십 년 전

우리가 일상적으로 쓰는 말이라도 조금만 관심을 가지고 살펴보면 참으로 불가사의한 점이 많습니다. 정확히 말하자면 말 자체가 그러한 것이 아니고 그 말을 사용하는 언어 대중이 그러하다는 뜻이 되겠는데, 언어 대중이 말을 왜 그렇게 사용하는지는 아무래도 알 수가 없기에 불가사의하다고 했습니다.

그런 예 중의 하나가 '십 년 앞'과 '십 년 전'입니다. 아시는 대로 고유어로는 '앞'과 '뒤'가 대립적이고, 한자로는 '전(前)'과 '후(後)'가 대립적입니다. 그리고 당연히 '앞'과 '전(前)'이 같은 뜻이고, '뒤'와 '후(後)'가 같은 뜻입니다.

'앞'과 '전(前)'이 같은 뜻이라면 '십 년 앞'과 '십 년 전'도 같은 뜻이어야겠는데 사실은 정반대로 쓰입니다. '십 년 전'은 과거를, '십 년 앞'은 미래를 가리키니까요. 그런가 하면 '십 년 뒤'와 '십 년 후'는 같은 뜻으로 쓰이는데 도대체 왜 그럴까요? 그건 말할 것도 없이 언중이 그렇게 쓰니까 그런 것뿐입니다.

말도 안 되는 말이 엄연히 말이 되고 있는 현상, 그게 바로 말의 '불가사의'입니다. 제가 별걸 다 신기해하고 있나요? 제가 좀 그런 사람인가 봅니다.

110 미장이와 빚쟁이

예전에는 구분하지 않고 썼던 것으로 기억되는데, 이렇게 구분해놓고 나니 또 어렵다는 말들이 나올 수밖에 없겠다 싶습니다. '~장이'와 '~쟁이'를 두고 하는 말입니다.

전문적, 수공업적 기술을 가진 사람을 일컬을 때는 '~장이'를 씁니다. 이들을 '~장이'로 부르게 된 배경은 한자어 '장인(匠人)'의 '장'과 관련이 있습니다. '미장이, 대장장이, 옹기장이' 등이 그 예입니다.

이와 반대로 단순히 습관과 관계되는 경우에는 그냥 '~쟁이'를 씁니다. 멋쟁이, 빚쟁이, 방귀쟁이, 수다쟁이, 개구쟁이 등, '~장이'의 경우보다 용례가 훨씬 많습니다.

111 윗사람, 웃어른

우리말 바르게 쓰기에 관심이 있는 분이라면 '웃~'과 '윗~'의 쓰임과 관련해서 혼란스러울 때가 더러 있었을 것입니다. '그까짓 것, 아무러면 어때? 대충 뜻만 통하면 되지!' 이렇게 생각하는 분들이라면 전혀 문제가 안 되었을 것이고요.

이 문제는 단순한 문제가 아닙니다. '위'의 중세어가 '우'였으니까 두 말의 의미는 결국 같습니다. 그러나 쓰임은 분명히 다릅니다.

'윗사람', '윗입술', '윗동네' 등의 경우처럼 '위'가 '아래'의 대립 개념으로 쓰일 때는 '윗~'을 쓰는 것이 맞습니다. 다시 말하면, '아랫사람', '아랫입술', '아랫동네' 등이 실제로 쓰이고 있으니까 '윗~'이 맞다는 말입니다. 따라서 '웃사람', '웃입술', '웃동네' 등은 당연히 틀린 말이고요.

한편, '웃어른', '웃돈', '웃국' 등의 경우처럼 '아래'의 대립 개념으로 쓰이는 말이 없는 경우는 '웃~'을 써야 합니다. 즉, '아랫어른', '아랫돈', '아랫국' 등은 현실적으로 쓰일 수 없는 말이니까 '윗어른', '윗돈', '윗국'이라고 하면 틀린 말이라는 이야기입니다. 그리 어렵지 않죠? '아랫~'을 붙여봐서 그런 게 있을 수 없겠다 싶으면 '웃~'을 쓰면 됩니다.

연습문제 풀어보시겠다고요?

'웃목 / 윗목', '웃물 / 윗물' 중 각각 어느 것이 맞을까요?

'아랫목, 아랫물' 등이 다 쓰이니까 '윗목, 윗물'이 맞습니다.

112 사사하다, 사사를 받다

‘사사(師事)하다’라는 말이 있습니다. 음악, 미술 등 예술 분야 인물의 성장 과정을 소개할 때, 흔히 쓰이는 이 말은 ‘스승으로 삼고 섬기다’, 또는 ‘스승으로 섬기면서 가르침을 받다’의 뜻으로 쓰입니다.

‘스승 사(師)’에 ‘섬길 사(事)’가 어울려 이루어진 말이니까 그 뜻은 아주 간단합니다. ‘스승으로 섬기다’, 그 이상도 이하도 아니니까요.

그런데 문제는 이 말이 문장 속에서 어떻게 쓰이는가에 있습니다. ‘아무개에게 사사를 받다’라고 흔히들 쓰는데, 이는 잘못된 표현입니다. 왜냐하면 ‘사사(師事)’는 받는 게 아니니까요. 정확하게 ‘아무개를 사사하다’가 맞는 표현입니다.

‘피아니스트 ○○는 일찍이 △△을 사사한 바 있다.’ 이런 식으로 써야 맞습니다.

113 혈혈단신, 홀홀단신

혈혈단신(孑孑單身)이라는 말이 있습니다. 아들 자(子) 자와 비슷하게 생긴 孑(혈) 자가 '외로울 혈' 자이니까, '혈혈단신(孑孑單身)'은 '외롭고 외로운 홀몸'이라는 뜻입니다.

그런데 가끔 이 말을 '홀홀단신'으로 쓰는 경우를 봅니다. 홀몸, 홀아비, 홀어미, 홀시아버지 등의 예에서 보듯이, 우리말 '홀'은 '짝이 없는 하나'라는 뜻을 지니고 있습니다. 이 '홀'이 '짝이 없다'는 점에서 "외로울 혈' 자와 의미상 통하기 때문에 '혈혈단신'을 '홀홀단신'으로 쓰게 된 것으로 보입니다.

아무리 의미가 통한다 하더라도 틀린 말은 틀린 말입니다. 그러니까 '혈혈단신'을 '홀홀단신'으로 쓰면 안 됩니다.

114 아이는 앉히고, 쌀은 안치고

눈이 부시게 화창한 날씨입니다. 이런 날에는 어디든 훌쩍 떠나고 싶은 충동을 느낍니다. 늘 꿈만 꾸어오던 일상으로부터의 탈출, 그 일탈을 감행해보고 싶은 강한 충동이 일기도 합니다. 이런 시간, 이런 충동을 억누르는 사람은 저만이 아닐 거라는 생각이 들어서 가까스로 견디고 있는지 모르겠습니다. 이런 날씨에 이런 내용이나 올려서 죄송하기 짝이 없습니다. 그러나 이왕 내디딘 산책의 길, 오늘도 뚜벅뚜벅 걷기로 합니다.

아이는 앉히고, 쌀은 안치고,
바지는 다리고, 보약은 달이고,
배추는 절이고, 다리는 저리고,
국물은 졸이고, 생선은 조리고,
곰국은 엉기고, 실은 엉키고…….

일상생활 하다 보면 혼동하기 쉬운 말들이 참 많습니다. 어찌 이뿐이겠습니까만 얼핏 생각나는 대로 적어보았습니다.

이 글 읽으시는 분들, 나머지 하루도 저 날씨처럼 눈부시게 보내시길 바랍니다.

115 감쪽같이 속이기

옛말에 열 사람이 한 도둑 못 지킨다고 했다던가요. 속이려고 들면 우리 같은 서민들이야 속을 수밖에 없겠다 싶어서 서글퍼집니다.

그건 그렇고, '감쪽같다'의 '감쪽'은 감을 쪼개놓은 조각입니다. '쪽'의 쓰임은 '감쪽, 대쪽, 사과쪽, 무쪽' 등에서 확인할 수 있습니다. '감쪽같다'는 말은 '꾸미거나 고친 것이 매우 재빠르고 솜씨가 좋아 남이 알아채지 못할 만큼 흔적이 없다'가 사전의 풀이입니다.

이 말의 어원에 대해서는 두 가지 설이 있습니다.

그 하나는 감을 칼로 쪼개서 다시 붙이면 거의 흔적이 없다는 데서 유래했다는 것이고, 다른 하나는 옛날에 곶감을 만들 때 감을 네 부분으로 쪼개서 말렸는데, 이게 바로 감쪽이고, 그 맛이 하도 좋아서 누구든 보기만 하면 얼른 먹어버려서, 즉 사라져버려서 이 말이 생겼다는 것입니다.

전자의 경우, 쪼개서 다시 붙이는 과일이 어디 감뿐일까 싶어서 신빙성이 덜하고, 후자는 '붙인 흔적이 없다'와 '먹어 없애다'가 의미상 거리가 느껴져서 덜 미덥습니다.

116 의뭉한 사람, 음흉한 사람

자신을 드러내지 않는 '의뭉한' 사람도 있고, 호시탐탐 상대방을 해칠 궁리를 하는 '음흉한' 사람도 있습니다. '의뭉하다'와 '음흉하다'는 발음은 비슷해도 뜻은 다릅니다. 우선 '의뭉하다'는 고유어이고, '음흉하다'는 한자어입니다.

의뭉한 사람은 겉으로는 어리석은 것 같으나 속은 엉큼한 사람이고, 음흉한 사람은 속이 음침하고 흉악한 사람입니다. 얼핏 보면 후자가 더 무서워 보이지만 더 알고 보면 전자가 더 거북한 사람입니다. 속을 알 수 없어서 함께하기 어렵기 때문입니다. 말 그대로, 겉 다르고 속 다르기 때문입니다.

인간사야 그러거나 말거나 자연은 자연대로 봄을 재촉하는 듯 촉촉이 비를 내리고 있습니다. 이 글 읽으시는 분들, 저 봄비에 새잎 돋듯 기쁨, 사랑, 행복이 파릇파릇 돋아나시길 빕니다.

117 프로와 퍼센트

백분율을 나타내는 %. 기호를 읽을 때, 어떤 이는 '프로'라고 읽고 어떤 이는 '퍼센트'라고 읽습니다. 국어사전에는 둘 다 실려 있지만 국어연구원은 '퍼센트'를 권장하고 있습니다. 주의해서 보면 아나운서 같은, 언어에 전문적인 사람들은 어김없이 '퍼센트'라고 하지, '프로'라고 하지 않습니다. 학생들의 교과서에도 퍼센트라고 표기하고 있습니다.

그럼에도 불구하고 일반인들은 '퍼센트'보다는 '프로'를 훨씬 더 즐겨 쓰는 듯싶습니다. 말에도 경제성이라는 것이 있어서 가급적 쉬운 것으로 쓰고자 하는 경향이 있습니다. 음절수도 많고 발음도 다소 까다로운 '퍼센트'보다는 '프로'가 더 애용되는 이유가 그 경제성 때문인지도 모르겠습니다.

'프로'는 영어의 프로티지(protage)의 준말로 보이는데요, 네덜란드어에는 프로센트(procent)가 있고 포르투갈어에는 프로센토(procento)가 있어 사전에 따라 둘 중 하나를 소개하고 있습니다.

영어 '퍼센트(percent)'는 '~마다'의 뜻을 지닌 '퍼(per-)'와 '100'의 뜻을 지닌 '센트(cent)'의 합성어입니다. 그래서 '퍼센트'는 '100 가운데 얼마'의 뜻으로 사용되는 것이지요.

사실 '프로그램'도 '프로'라고 하고 전문가인 '프로페셔널'도 '프로'

라고 하며 무산 계층인 '프롤레타리아'도 '프로'라고 하니, %만이라도 '퍼센트'라고 읽는 것이 좋을 듯도 싶습니다.

언중이 '퍼센트'보다 '프로'를 선호하다 보면 국어연구원도 '퍼센트' 대신 '프로'를 권장할지 모르겠습니다. 다만 현재로서는 프로가 아닌 퍼센트가 권장되고 있다는 사실, 참고하시기 바랍니다.

외래어 말이 나온 김에 덧붙입니다. 주변에서 흔히 듣게 되는 몇 가지 예들 중, 매니아 아닌 마니아, 에네르기 아닌 에너지, 알러지 아닌 알레르기, 바이타민 아닌 비타민 등이 권장되는 표준이니까 기억해두시면 좋겠습니다.

118 우레와 우뢰

1980년대까지만 해도 '우뢰와 같은 박수 소리', '우뢰 같은 함성으로 응원해주시기 바랍니다.' 이렇게 쓰는 것이 당연했습니다.

1980년대 이전의 국어사전에는 '우뢰(雨雷)'가 버젓이 표제어로 실려 있었고, 당연히 '우레'는 없었습니다. 그러나 지금은 '우레'가 표준말이고 '우뢰'는 틀린 말이 되었습니다. 1990년 이후의 사전부터 바꾸어 실었기 때문입니다.

그런데 알고 보면 진작 바꿨어야 했습니다. 송강의 「관동별곡」에도 '들을 제는 우레러니 보니난 눈이로다.' 폭포를 묘사한 이런 구절이 나옵니다. 그러니까 원래 '우레'라는 고유어가 있었는데, 한문 좋아하던 우리 조상들이 비 우(雨) 자에 우레 뢰(雷) 자를 써서 '우뢰'라고 잘못 쓴 것이 그렇게 굳어지게 된 시초라고 합니다. 공교롭게 고유어 '우레'와 한자어 '우뢰'가 음도 뜻도 비슷하다 보니 '우레'는 틀린 말이고 '우뢰'가 맞는 말로 굳어지고 만 것이죠. 이야말로 주객(主客)이 전도(顚倒)된 셈입니다.

한자어 '우뢰' 대신 아름다운 고유어 '우레'를 찾아내어 참 다행이다 싶기도 합니다.

119 문짜와 문자

우리 민족 최고의 고전 「춘향전」을 보면, 옥중 춘향의 편지를 가지고 한양으로 가는 머슴아이와, 암행어사가 되어 남원으로 내려오던 이 도령이 길에서 마주칩니다. 참 대단한 우연입니다. 아이에게 편지를 보여 달라고 윽박지르던 이 도령은 경우에 맞지도 않은 '문자'를 써서 아이를 속입니다. 아이가 놀라서 말합니다.

"몰골은 흉악하구만 문자 속은 기특하오."

이 아이, 자기가 모르는 '문자'를 듣고는 반신반의하면서도 편지를 내주고 맙니다. 이 경우 '문자'는 한자로 '文字'인데 발음은 [문자] 입니다. 그러나 '영문자', '대문자', '소문자' 할 때의 '문자'는 한자는 똑같지만 음은 [문짜] 입니다. [문자] 는 '유식한 한문어구'이고, [문짜] 는 '글자'를 뜻합니다.

'잠자리'도 그렇습니다. 날아다니는 곤충 '잠자리'는 발음이 [잠자리] 이지만, 잠을 자는 자리, '잠자리'는 [잠짜리] 로 소리 납니다.

이처럼 쓰기는 똑같이 써도 발음하기에 따라 뜻이 달라지는 경우도 더러 있으므로 유의해야 합니다.

120 이 자리를 빌어

많은 관중 앞에 높은 단상에 선 사람들이 흔히 쓰는 말에, '이 자리를 빌어 여러분께 어쩌고저쩌고' 하는 말이 있습니다. 그러나 이 말은 틀린 말입니다. '이 자리를 빌려'가 맞습니다.

사실 얼마 전까지는 '빌어'가 맞는 말이었습니다. 영어에서 '꾸어오는 것'과 '꾸어주는 것'을 구분하여 각각 'borrow', 'lend'로 다르게 쓰니까 우리말도 그 영향을 받았던지 이 둘을 구분해서 썼습니다. 꾸어오는 것을 '빌다', 꾸어주는 것을 '빌리다'로 썼었지요.

그러다가 이 둘을 '빌리다' 하나로 통일하게 되었습니다. 사실, '내가 빌려줄게', '나에게 빌려줘', 이러면 충분하니까 둘을 구분해야 할 이유가 없었던 것이지요. 그런데 이렇게 바뀐 사실을 모르는 사람들은 아직도 '이 자리를 빌어'라고 말하는 것입니다. 그것이 큰 흠은 아니지만 틀리지 않은 것만은 못합니다.

살다 보면 알아야 할 것, 신경 써야 할 것이 참 많기도 하다 싶습니다.

121 따위라는 동물

초등학교 3학년 시험 문제, "풀을 먹고 사는 동물을 아는 대로 쓰시오." 평소에 공부 잘하는 똑똑한 아이가 이런 답을 썼답니다. "따위, 소, 말, 양, 염소."

여러분은 따위라는 동물을 아시나요? 그건요, 그 아이의 공책을 보면 알 수 있답니다. "풀을 먹고 사는 동물 : 소, 말, 양, 염소 따위."

이 아이는 '따위'도 동물 이름인 줄 알았습니다. 낯선 동물이니까, 잊어버리면 안 되니까, 시험지에 맨 먼저 쓴 것이었습니다. 아이들은 어쩔 수 없이 천사다 싶습니다.

그건 그렇고요, '따위'는 다음 두 가지로 쓰입니다.

① 사람이나 사물을 얕잡아 말할 때

'네 따위가 뭘 알아?', '그 따위 짓, 다시는 하지 마!'

② '등등'의 뜻으로

'쌀, 보리 따위의 곡식'

'소, 말, 양 따위의 초식 동물'

오늘은 한번 웃자고 꺼내본 이야기였습니다.

122 밥맛과 식상

요즘 젊은이들에게서 흔히 듣게 되는 말 중의 하나가 바로 '밥맛이야'라는 말입니다. 이런 말을 하는 사람도 기분이 언짢겠지만 그 말을 듣는 사람 기분은 또 어떨까 생각하면 가급적 안 쓰고 안 듣는 것이 좋을 듯싶은 말이기도 합니다.

그런데 이 '밥맛이야'는 원래 '밥맛 없어', '밥맛 떨어져'가 변해서 이루어진 말입니다. '없다', '떨어지다' 등의 부정적인 서술어가 생략되고 주어인 '밥맛'만 살아남아서, 뜻은 서술어 생략 이전처럼 쓰이다 보니, 마치 '밥맛'이 아주 나쁜 것처럼 되고 말았습니다. 밥맛이 우리 민족에게 어떤 맛인데 '밥맛' 자체가 부정적으로 쓰여서야 되겠습니까.

젊은이들이 '밥맛이야'를 자주 쓰는 데 반해 어른들은 '식상(食傷)'이라는 말을 더 자주 쓰지 싶습니다. '식상(食傷)'이란 원래 '식체'나 '식중독' 등의 병을 일컫는 말이었으나 그 뜻이 확대되어서 '되풀이되어 싫증나는 일' 정도의 뜻으로 더 자주 쓰이기에 이르렀습니다.

삶의 긍적적인 면과 부정적인 면 중에, 말로는 늘 긍적적인 면을 보라고 하지만 그게 어디 말처럼 되는 일이던가요.

123 이런 오라질

1920년대 우리 민족의 비극적인 삶을 그린 현진건의 단편소설 「운수 좋은 날」 결말 부분을 보면, 김 첨지가 죽은 아내에게 마구 욕을 해대는 장면이 나옵니다. 아내는 그토록 먹고 싶어 했던 설렁탕을 먹어보지도 못하고 죽었고, 젖먹이 아이는 죽은 엄마의 마른 젖을 빨다가 울기에도 지쳐버린 비극적 결말이 그것입니다. 김 첨지는 아내가 죽었을지도 모른다는 불길한 예감에 늘 하던 대로 욕을 해댑니다. 물론 김 첨지의 경우, 욕은 사랑의 또 다른 표현이기도 합니다.

"이런 오라질 년, 왜 말이 없어?"

아마 이렇던가요?

이 소설 말고도 우리는 못마땅한 경우를 당하거나 못마땅한 사람을 대하면, '이런 오라질.' 속으로 이렇게 욕을 하기도 합니다.

그건 그렇고요, '오라'는 옛날 죄인이나 도둑을 묶던 붉고 굵은 줄을 가리키는데, 이를 오랏줄, 또는 홍사(紅絲)라고도 했습니다. 그러니까, '오라질 년'은 '오랏줄에 묶여서 끌려갈 년'쯤 됩니다.

이러던 것이 요즘은 음도 변해서 '오라질'이 아니라, '우라질'로 더 많이 쓰입니다. 그러나 이는 틀린 말이고 '오라질'이 맞는 말입니다.

이럭저럭 욕이 많이 나오는 요즘이 아닌가 싶습니다. 속으로 하는 욕이라도, 그것이 안 나오는 날이 빨리 왔으면 좋겠습니다.

제4부

머리와 대가리

124 봄처녀 제 오시네

이은상 시인의 「봄처녀」란 시에 "봄처녀 제 오시네/새 풀 옷을 입으셨네/하얀 구름 너울 쓰고/진주 이슬 신으셨네"라는 구절이 있습니다. 시로서보다는 가곡으로 더 친숙한 노래이기도 하지요. 봄을 사람에 빗대면 아무래도 아주머니나 할머니라기보다는 처녀일 듯싶습니다. 그 봄처녀, 차림새 또한 눈부십니다. 새로 돋은 풀은 옷이요, 하얀 구름은 너울이며, 진주같이 영롱한 이슬은 신발입니다.

'너울'이란 옛 여인들이 나들이할 때 얼굴을 가리기 위해 머리에서부터 길게 내려쓰던 가리개를 가리킵니다. 이 봄처녀, 이런 차림으로 가슴에 꽃다발까지 안았으니 영락없이 '님' 찾아가는 모습입니다. 게다가 내 집 앞을 지나기에 총각인 나는 가슴이 설렐 수밖에요.

'내게 올 리는 없는데…… 그럴 리는 없는데…… 미안하고 어리석은 체하며 나가서 물어나 볼까?'

봄, 그리고 처녀 총각의 정서를 감칠맛 나게 노래하고 있습니다. 저는 어려서 이 노래를 처음 들었을 때 '제 오시네'를 '재 오시네'로 잘못 알고 '재 넘어 오시네'로 이해한 적이 있습니다. 나중에 알고 보니 '제'는 '저기'였습니다. 마치 눈에 보이듯이 '저기' 봄처녀가 오고 있다는 뜻임을, 듣는 노래가 아니라 시로 읽고 나서야 알았습니다.

오늘은 열일 제쳐두고 봄처녀나 마중 가고 싶은 날입니다.

125 애먼 사람 잡네

사월이 잔인한 아픔의 달이라면 오월은 넘치는 환희의 달입니다. 사월이 수줍음의 달이라면 오월은 관능의 계절입니다. 애잔하던 연초록은 하루가 다르게 짙어갑니다. 김영랑은 오월을 이렇게 노래했습니다.

들길은 마을에 들자 붉어지고
마을 골목은 들로 내려서자 푸르러진다.
바람은 넘실 천 이랑 만 이랑
이랑이랑 햇빛이 갈라지고
보리도 허리통이 부끄럽게 드러났다.
꾀꼬리는 엽태 혼자 날아볼 줄 모르나니
암컷이라 쫓길 뿐
수놈이라 쫓을 뿐
황금 빛난 길이 어지러울 뿐
얇은 단장하고 아양 가득 차 있는
산봉우리야 오늘밤 너 어디로 가버리련?

— 김영랑, 「오월」

마침내 보리도 허리통을 드러내고 암수 꾀꼬리, 갖은 교태로 쫓고 쫓기는 계절. 대지엔 생명력이 넘쳐나고 산이나 들에 나서면 대자연의 기운이 스멀스멀 몸속으로 스미는 듯합니다. 문자 그대로 약동의 계절입니다. 그래서 곱게 단장한 산봉우리랑 야반도주라도 하고 싶어지는 그런 오월입니다.

그런데 한 가지, 암수 꾀꼬리가 쫓고 쫓기는 것은 다만 종족 보존을 위한 본능일 뿐 유희나 쾌락이 아니건만, 우리는 그것을 교태로 봅니다. 성(性)을 종족 번식이 아닌 쾌락으로 즐기는 것은 사람밖에 없다는 말을 들은 적이 있습니다. 그런 인종이 '애먼' 꾀꼬리를 탓하니 듣는 꾀꼬리, 기가 찰 노릇입니다.

애먼 꾀꼬리, 애먼 사람.

이 '애먼'을 '어만'이나 '엄한'으로 잘못 쓰는 경우가 허다합니다. 심지어는 글쓰기를 업으로 삼는 기자조차도 '엄한'으로 쓰는 정도입니다. 곁에 국어사전 하나만 두고 쓰면 될 것을, 휴대폰에 국어사전 하나 깔면 되는 것을, 아무렇지도 않게, 태연하게 잘못 쓰는 걸 보면 그 무신경에 입이 다물어지지 않습니다.

'애먼'은 '아무 잘못 없는, 엉뚱한, 애매한' 등의 뜻을 지니는데, 품사가 관형사이기 때문에 '애멀고'나 '애머니' 등의 활용형은 쓰일 수가 없습니다.

아무래도 이 '애먼'은 '애매하다'에서 온 듯싶습니다. 이 형용사 '애매하다'는 크게 두 가지 뜻이 있습니다. 하나는 '잘못 없이 벌을 받아 억울하다', 또 하나는 '희미하여 분명하지 않다'입니다.

잘못도 없이 벌을 받아 억울한 '애매한'이 관형사 '애먼'으로 굳어진 것은 아닌지. 의미로 볼 때 그럴 것 같다는 심증이 굳어지고 있습니다.

생명력 넘치는 이 오월, 꽃은 피고 보리는 패는 여러분의 일상도 생명력이 넘치시길 간절히 빌어드립니다. 그런데요, 꽃은 피는 것이고 보리는 패는 것이랍니다. '피다'와 '패다', 유사하면서도 다른 두 현상의 의미를 모음 하나로 절묘하게 분화하고 있습니다.

우리말의 아름다움, 짜릿한 전율까지 느껴집니다.

126 밭이 한참갈이

남으로 창을 내겠소
밭이 한참갈이
괭이로 파고
호미론 김을 매지요.

구름이 꼬인다 갈 리 있소.
새 노래는 공으로 들으랴오.
강냉이가 익걸랑
함께 와 자셔도 좋소.

왜 사냐건
웃지요.

— 김상용, 「남으로 창을 내겠소」

시인은 구름이 꼬여도 가지 않겠다고 합니다. 구름은 부귀와 영화, 요즘으로 말하면 명예와 이익 같은 것, 그것들의 헛됨을 알기에 그것들이 유혹을 해도 다시는 안 가겠노라고 다짐합니다. 새 노래 듣고 강냉이 가꾸며 살겠다고 합니다. 이른바 탈세속적 삶의 모습입니다.

누군가가 왜 사느냐고 물으면 그냥 웃겠다고 합니다. 이유를 설명할 적절한 말도 없고, 설령 설명한대야 알아들을 리도 없을 테니까요. 묻는 사람은 십중팔구 명예와 이익을 추구하는 '구름'과 함께 사는 사람일 테니까요.

중국 당나라의 시인 이백도 비슷한 노래를 한 적이 있습니다.

> 나에게 묻기를 왜 푸른 산속에서 사느냐고 하면 問余何事棲碧山
> 웃으며 대답하지 않지만 마음은 스스로 한가롭다네 笑而不答心自閑

세속적인 사람은 그 추구하는 바가 다르고, 생각하는 바가 다르기 때문에 탈속적인 사람들의 삶을 이해하지 못합니다. 그래서 물어도 대답 대신 웃고 맙니다.

그건 그렇고, '한참'과 '한창'은 음은 비슷하지만 전혀 다른 말입니다. '한참'은 '시간이 꽤 지나는 동안', '한동안'의 뜻으로 '상당한 기간'을 나타냅니다. '한창'은 '가장 성한 때'를 뜻합니다. 달리 말하면 '절정기'의 뜻이지요.

요즘, 진달래가 '한창'입니다. 그러나 철쭉은 '한참'을 지나야 필 것입니다. 봄날이 눈부십니다. 여러분들의 오늘 하루도 저렇게 눈부시기를!

127 얼룩빼기, 나이배기, 점박이

넓은 벌 동쪽 끝으로

옛이야기 지줄대는 실개천이 회돌아 나가고,

얼룩백이 황소가

해설피 금빛 게으른 울음을 우는 곳.

……그곳이 참하 꿈엔들 잊힐 리야.

— 정지용, 「향수」

그리운 사람이 보고 싶으면 눈을 감으라는 노랫말이 있습니다. 어떤 대상이 간절히 그리우면 차라리 눈을 감는 것이 좋습니다. 눈을 감으면 갈 수 없는 그곳이, 만날 수 없는 그 사람이, 또렷이 떠오르기 때문일 것입니다. 정지용의 「향수」, 그 고향의 모습이 바로 그렇지 싶습니다. '엄마소도 얼룩소 엄마 닮았네.'라는 동요의 그 '얼룩소'가 '향수'에서는 '얼룩백이'로 나오는데 현대어로는 '얼룩빼기'가 맞습니다.

첫째, '-빼기'는 이 밖에도 '이마빼기, 낯빼기, 코빼기' 등에 쓰이는데 보시는 것처럼 대체로 비어에 많습니다.

둘째, '-박이'는 '무엇이 박혀 있는 사람이나 짐승, 또는 물건'에 붙는 접미사입니다. '점박이, 차돌박이, 덧니박이' 등이 있습니다.

마지막으로, '-배기'는 유아의 나이, 또는 사람이나 물건 등에 붙는 접미사입니다. '한 살배기, 세 살배기, 귀퉁배기, 나이배기, 대짜배기' 등이 있습니다.

이쯤 되면 우리말도 참 어렵다 싶습니다. 우리말, 다양해서 더욱 아름다운지, 아니면 헷갈려서 불편한지 잘 모르겠습니다.

오월의 나뭇잎, 풀잎, 새소리, 참 싱그러운 요즘입니다.

128 가을의 손짓

릴케는 「가을날」이라는 시에서 "지난여름은 참 위대하였습니다"라고 노래한 바 있습니다. 그러나 우리에게는, 아니 저에게는, 지난여름은 참 지긋지긋하게도 더웠습니다. 그 더운 날씨에 이사까지 하느라고 참 무덥고 힘들었습니다.

한편, 지난여름이 힘들고 무더웠던 만큼 오는 가을은 더욱 상큼한 느낌으로 다가옵니다. 태풍에 할퀸 수재민들에게는 죄송하기 짝이 없지만, 올가을이야말로 가장 가을다운 가을이 되지 않을까. 내심으로 기대하고 있습니다.

아침저녁으론 제법 시원한 바람 끝이 느껴져서 가을의 손짓을 감지하기에 충분합니다. 가을이 손짓하는 이맘때가, 정작 가을이 우리 곁에 와 있을 때보다 더 좋습니다. 꽃도 활짝 핀 것보다 아직 덜 핀 봉오리가 더 사랑스럽습니다. 사랑도 우리 곁에 와 함께할 때보다 수많은 상상과 동경으로, 여러 가지 모습으로 그려보며 마음 설렐 때가 더 좋습니다.

그야말로 진짜 가을이 손짓하고 있습니다. 끝자락을 덜 여민 여름이 아무리 유혹을 해도 저는 손사래를 칩니다. 릴케에게는 위대했던 그 여름이 저에게는 너무 힘들었기 때문입니다.

손짓과 손사래. 손짓은 오라는 몸짓이고, 손사래는 거절하는 몸짓입니다. 손짓은 주로 '손짓한다'고 하고, 손사래는 '손사래친다'고 씁니다.

129 눈이 부시게 푸르른 날은

오늘 아침, 하늘 한 번 쳐다보셨나요? 하늘이 눈부시게 푸르러서 바로 서정주 시인의 「푸르른 날」 시가 연상되었네요. 정확히 말하자면 미당의 시보다는 송창식의 그 청청한 노래가 더 먼저 떠올랐죠. 아마 시로서보다 노래로서 더 많이 접해서 그런 것이겠죠.

"눈이 부시게 푸르른 날은/그리운 사람을 그리워하자." 그리운 사람이야 어디 이런 날만 그리운 것인가요. 비가 오면 비가 와서 그립고 바람이 불면 바람이 불어서 그립고 눈이 오면 또 눈이 와서 그리운 것을……. 가까이 있어도 그립고 멀리 있으면 또 멀리 있어서 더욱더 그리운 것을. 아침이면 아침이어서, 해가 설핏하게 기울면 그래서 또 그리운 것을. 여름이면 여름대로, 가을이면 가을대로 시도 때도 없이 불쑥불쑥 고개를 들이미는 그리움. 그걸 누군들 제어할 수 있겠는지요.

이런 눈부신 아침에 이렇게 눈부신 단어를 거론하기가 영 불편합니다. '푸르른'이라는 말은 본래 틀린 말이었습니다. 기본형은 '푸르다'이고, '푸른, 푸르고, 푸르니, 푸르면, 푸른데, 푸르니까, 푸르러서 푸르렀다……' 이렇게 활용되는 '러불규칙' 형용사입니다.

다만 시에서는 독특한 효과를 위해 일부러 어법을 어기는 일도 왕왕 있습니다. 이른바 '시적 허용'이라는 게 바로 그겁니다. 이 경우도 그렇게 보면 전혀 문제가 없습니다.

그런데 이 말이 너무 고와서 그랬을까요? 많은 사람들이 '푸르다'보다 '푸르르다'를 두루 쓰게 되니까 국어연구원은 이를 복수표준어로 인정하기에 이르렀습니다.

"시인은 말을 창조하고, 언중은 그 말을 선택하여 쓰며, 언어 정책은 문법을 정리한다."라는 말을 다시 한번 확인하게 되는 아침입니다.

130 머리, 마리, 대가리

> 춘산(春山)에 눈 녹인 바람 건듯 불고 간 듸 업다.
> 져근 덧 비러다가 마리 우희 불니고져.
> 귀 밋테 해 묵은 셔리를 녹여 볼가 하노라.
>
> — 우탁

우탁은 고려 말의 시인입니다. 유독 몇 편의「탄로가」가 전합니다. 위의 시조를 요즘 말로 풀어보면 이렇습니다. "봄 산에 눈 녹이던 바람, 잠깐 불고 간 데 없다. 잠시 동안 빌려다가 머리 위에 불게 하고 싶구나. 귀밑에 여러 해 묵은 서리(백발)를 녹여볼까 하노라."

늙음을 한탄하는 점은 옛사람이나 현대인이나 다를 것이 없습니다. 늘어만 가는 서리 같은 백발을 봄바람으로 녹일 수 있다면, 그래서 다시 젊어질 수만 있다면, 늙는 일이 한탄할 일은 아니겠지요.

그런데 재미있는 것은 '머리'가 당시에는 '마리'였다는 사실입니다. 실은 사람이나 다른 동물이나 다 '마리'였었는데 사람이나 짐승에 똑같이 쓰면 아무래도 상스러우니까 사람의 경우는 모음 하나를 바꾸어 '머리'라는 말을 사용하게 된 것입니다. 가축 같은 짐승을 셀 때 한 마리, 두 마리 하는데 사람조차 그렇게 셀 수는 없었겠지요.

그 근거는 아직도 남아 있습니다. 옛날 로마에는 인두세(人頭稅)가 있었고, 회식 자리에서 음식 값을 나눠 낼 때는 으레 두당(頭當) 얼마 하는 식이었습니다. 요즘은 n분의 1식으로 바뀌었지요.

또 낚시터에 가면 이렇게 묻습니다. '몇 수(首)나 올리셨습니까?' 새벽 우시장에 가면 또 이럽니다. '오늘은 모두 몇 두(頭)나 나왔어요?'

이때의 '수(首)'나 '두(頭)'는 모두 '마리'를 뜻합니다. 그러니까 '머리 수(首)', '머리 두(頭)'가 한편에선 '마리 수(首)', '마리 두(頭)'로도 쓰이고 있다 그 말입니다. 首(수)와 頭(두), 그건 한자어니까 변하지 않고 지금껏 쓰이고 있을 따름입니다.

그런데 더 들어가 보면 사람에게만 '마리'를 '머리'로 바꾸는 데 그치지 않고 사람 이외의 대상의 경우는 아예 머리를 '대가리'로 바꾸어 쓰기에 이릅니다. '콩나물 대가리, 새 대가리, 성냥 대가리' 등에서 이를 확인할 수 있습니다. 더 재미있는 것은요, 소나 돼지처럼 좀 크고 사람과 가까이 지내는 것들에게는 대가리로 부르기에 좀 미안했던 것일까요? 아무래도 그런 심리가 반영된 것이 아닐까 하는 합리적 의심이 듭니다. 요즘은 소 대가리, 돼지 대가리 대신 소머리국밥, 돼지 머릿고기 등이 꽤 널리 쓰이고 있기에 하는 말입니다.

따지고 보면 우리 사람들의 '머리'나, 동물들의 '마리', '대가리'나 그게 그건데 하는 생각이 듭니다.

131 궁둥이, 엉덩이, 방둥이

궁둥이는 앉을 때 바닥에 닿는 부분으로, '궁둥이 붙일 데도 없을 만큼 좁은 방'처럼 쓰입니다. 그리고 엉덩이는 살이 도도록한, 궁둥이의 윗부분을 말하며, '엉덩이가 무거워야 대학에 간다는 말이 있어.'라고 하지요. 방둥이는 길짐승의 엉덩이를 가리키며, '방둥이 마른 소가 일을 일을 잘한다.'처럼 쓰입니다.

둔부는 궁둥이와 엉덩이를 아울러 이르는 한자어이고, 볼기는 엉덩이와 같은 뜻으로 쓰이는 말입니다.

우리가 흔히 쓰고 흔히 듣는 말이면서도 구체적 내용은 모르고 사는 게 아닌가 싶어서 오늘은 조금 엉뚱한 걸 늘어놨습니다.

132 꼬리, 꽁지, 꽁무니

꼬리, 꽁지, 꽁무니. 얼핏 보면 비슷해 보이지만 이 말들도 제각각 다른 말들입니다.

꼬리는 길짐승의 꽁무니에 가늘고 길게 내민 부분. 꽁지는 날짐승, 즉 조류의 꽁무니에 붙은 기다란 깃. 그리고 꽁무니는 길짐승이나 날짐승 가릴 것 없이 등마루 뼈의 끝이 되는 부분을 가리킵니다.

꼬리의 쓰임새는 참 다양합니다. 꼬리를 감추다, 꼬리가 길다, 꼬리를 달다, 꼬리를 물다, 꼬리가 밟히다, 꼬리를 사리다, 꼬리를 잇다, 꼬리를 잡다, 꼬리를 치다, 꼬리를 흔들다, 등 우리의 일상에서도 많이 듣고 쓰는 말들입니다.

이에 반해 꽁지의 용례는 그렇게 많지 않습니다. 기껏해야 꽁지 빠진 새 정도지요. 그것은 아마도 날짐승보다는 길짐승이, 우리의 삶과 더 밀접하기 때문일 것입니다. 가축만 해도 그렇습니다. 길짐승 가축은 소, 개, 고양이, 돼지, 염소, 양, 말, 나귀 등 다양하지만, 날짐승 가축은 기껏해야 닭, 오리, 거위, 칠면조 정도니까요.

133 휴대폰과 핸드폰

휴대폰은 1983년 미국 시카고에서 처음 개통되었습니다. 영어권에서는 휴대폰을 '셀룰러 폰(cellular phone)', 또는 '셀 폰(cell phone)'이라고 부릅니다. 유럽에서는 '모바일 폰', 일본에서는 '핸드폰'이라 부르고, 우리나라에서는 '휴대폰'을 표준으로 하고 있지만 '핸드폰'을 더 즐겨 쓰는 것으로 보입니다.

영어 셀룰러(cellular)는 세포인 셀(cell)의 형용사입니다. 휴대폰이 무선 전화이니까 전파를 이어주는 기지국이 필요합니다. 그런데 이 기지국의 주파수 범위는 한정되어 있으니까 주파수 범위가 겹치지도 않고 빈 곳도 없을 정도로 수많은 기지국들이 마치 벌집처럼, 또는 세포처럼 분포되어 있어야 도시 전체를 담당할 수 있습니다. 요컨대 기지국이 마치 세포처럼 분포되어 유기적으로 통한다는 점에서 생긴 명칭이 '셀룰러 폰'입니다.

그런데 이 기지국 덕분에 언제, 어디를 가나 전화기를 사용할 수 있게 되었습니다. 이런 이동성에 착안한 명칭이 바로 '모바일 폰'이고, 전화기를 손에 들고 다닌다는 편의성에 착안한 이름이 '핸드폰'이며, 그것을 손만이 아니라 주머니나 가방에도 휴대하고 다닌다는 점에서 우리나라에서는 '휴대폰'을 표준으로 정하고 있습니다.

그런데 '휴대(携帶)폰'이 어려운 한자어이고 덜 친숙해서 그런지, 요즘 한국인들, 휴대폰보다는 핸드폰을 더 많이 사용하는 듯싶습니다.

개통된 지 40년 만에 세계를 하나로 묶는 마법 같은 휴대폰이 이제는 어른 아이 할 것 없이 필수품이 되고 있습니다.

134 없데요, 없대요

① 내가 하숙집 찾아가 봤는데 그 사람 없데요.

② 집주인이 말하기를 그 사람 어제 떠나서 이제 없대요.

'~데요'와 '~대요'가 혼란스럽게 쓰이고 있습니다. ①의 '~데요'는 회상시제를 나타내는 '더'가 결부되어 있어서 과거를 회상하는 경우에 쓰입니다. ②의 '~대요'는 '~다고 해요'의 준말로, 남의 말을 인용할 때 쓰입니다. '안다고 해요〉안다 해요〉안대요', 이렇게 줄어든 말입니다. 그러니까 이 둘이 혼란스러울 때는 그게 '회상'인지 '인용'인지를 아주 잠시만 생각해보면 알 수 있습니다.

이런 말이 혼란스럽게 쓰이는 데는 공영방송(TV)이 상당 부분 책임을 져야 할 것으로 보입니다. 자막에서 더러 잘못 쓰이고 있는 예를 보았기에 하는 말입니다. 자막 처리하는 사람을 선발할 때는 최소한 국어 성적을 참고해야 되지 않을까, 이런 생각을 합니다.

135 문 잠궜어요? 잘 잠갔어요

"문 잘 잠궜어요?"

"네, 잘 잠갔어요."

똑같은 단어인데도, 묻는 사람과 대답하는 사람이 각각 다르게 사용하고 있습니다. 둘 중에 한 사람은 잘못 사용하고 있습니다. 누가 틀렸을까요?

교통신호를 어기고 마구 달리는 자동차를 보면 이맛살을 찌푸리는 사람도, 어법을 어기고 아무렇게나 말을 하는 사람에 대해서는 왠지 무척 관대합니다. 영어 철자를 잘못 쓰는 일은 부끄러워하면서도 모국어를 틀리게 쓰는 일에 대해서는 태연자약합니다. 아마도 나에게 직접적 피해를 주지 않아서 그런 게 아닌가 싶습니다.

그러나 언어가 혼란스러워지면, 그리고 그게 극에 달하게 되면, 교통신호를 위반한 경우와는 비교도 안 될 만큼 우리는 엄청난 피해를 보게 될지도 모릅니다. 우리는 성서에 나오는 바벨탑 이야기를 알고 있습니다. 신이 못된 인간에게 내리는 형벌이 언어의 혼란이었습니다. 언어의 혼란, 사이버 세상의 언어를 보면 이미 바벨탑의 비극이 시작되고 있다는 생각이 들 때가 있습니다.

위 예문의 경우, 기본형은 '잠그다'입니다. 궁금증을 풀기 위해 분석을 해보기로 합니다.

'잠그+았+어요→잠갔어요'

'잠그-'는 어간이고, '-았-'은 과거시제, '-어요'는 종결어미와 보조사입니다. 물론 어간 '잠그-'의 'ㅡ'는 탈락합니다. 어간의 끝이 'ㅡ'인 경우, 활용할 때 'ㅡ'는 탈락합니다. 가령 김치를 '담그다'의 경우도 'ㅡ'가 탈락되어 '담갔어요'로 활용됩니다. 그런데 '잠갔어요', '담갔어요'보다 '잠궜어요', '담궜어요'가 훨씬 더 널리 쓰이고 있습니다.

그런데 '헹구다', '갈구다' 같은 경우라면, '헹궜어요', '갈궜어요'가 맞습니다. 그 이유는 어간이 '~그-'가 아니고 '~구-'이니까 그렇습니다. 어렵지 않죠?

136 우습다, 웃기다

말이 유행하는 현상을 보면 참으로 웃깁니다. 어법에 맞는 말도 아니고 멋있어 보이는 말도 아닌데 누가 하면 금방 따라 하는 현상이 분명히 있습니다.

서술어로 쓰이는 '웃기다'를 두고 하는 말입니다. 자동사 '웃다'의 사동사가 '웃기다'입니다. 그리고 '웃다'의 형용사는 '우습다'입니다. 그러니까 동사 '웃기다'의 기본형이 바로 서술어로 쓰일 수는 없습니다. '웃긴다', '웃겼다'처럼 시제를 포함해야 서술어로 쓰일 수 있습니다. 간혹 볼 수 있는 특수한 시적 효과를 노리는 시어(詩語)가 아니고서야 동사의 기본형이 서술어로 쓰이는 일은 어색하고 어법에도 맞지 않습니다.

"저 사람 참 웃기다."

"네가 내 옷을 입으니까 정말 웃기다."

"네가 나를 몰라보다니 웃기다."

위의 예문에서 '웃기다'는 어법에도 안 맞고 어색하기 짝이 없습니다. 당연히, '우습다', 또는 '웃긴다'로 써야 맞습니다. 그런데 이런 웃기는 말이 언제부터 유행하는지, 그리고 왜 그러는지 그것이 알고 싶습니다.

137 부기, 붓기

한자어 '부기(浮氣)'를 고유어 '붓기'로 잘못 쓰는 경우를 더러 봅니다. 한자 '부(浮)' 자는 '(물에) 뜨다'의 뜻도 있고 '(얼굴이) 붓다'의 뜻도 있습니다. '부기(浮氣)'의 사전 풀이는 '부종(浮腫)으로 인하여 부은 상태'입니다. 부기가 오르다, 부기가 내리다, 부기를 빼다, 얼굴에 부기가 있다, 산후에 생긴 부기가 덜 빠졌다. 이처럼 쓰이는 한자어입니다.

한편, '붓기'는 고유어 '붓다'의 명사형인데 위 예문의 '부기' 대신 쓸 수 있는 말이 아닙니다.

"이제 보니, 정말 붓기는 부었네."

"얼굴이 붓기는 뭘 부어, 살이 찐 거네, 뭐."

이런 식으로나 쓰이는 말입니다.

이상에서 보듯이 한자어 '부기'와 고유어 '붓기'는 바로 호환되는 말이 아닙니다. 그러니까 '부기'를 쓸 곳에 '붓기'를 쓰는 실수는 없어야 하겠습니다.

138 톳, 죽, 축, 뭇, 손

아름다운, 보석 같은 말들이 하나둘 사라지고 있습니다. 사라지는 말들은 대체로 복잡해서 번거롭기도 하고, 언어 주체인 우리들의 삶의 양상이 바뀌어서 그런 말을 쓸 일도 줄어서 그런 게 아닌가 싶습니다.

아름다운 말들이 사라진 자리에는 또 새로 생긴 말들이 늘어나니까 '본전' 아니냐고 할지 모르나, 겨우 사전에서나 명맥을 유지하고 있는 그런 말들을 보면 안타까울 때가 많습니다.

물건을 세는 단위로 쓰이는 의존명사들도 많이 사라져가고 있습니다. 가령, 요즘에도 우리는 예전처럼 김을 먹지만 식탁에 오르는 김은 예전과는 다른 모습입니다. 사 올 때부터 한 입에 먹기 좋은 8등분된 김이니까, 김 100장 묶음을 이르던 '톳'이라는 말은 쓸 일이 별로 없어졌습니다.

그릇도 그렇습니다. 예쁘고 유용한 그릇이나 옷을 보면 한두 개씩 사지, 열 개 묶음인 한 '죽', 두 '죽'씩은 사지 않습니다. 대가족 가정이 사라져가고 1인 가구가 늘고 있는 추세니까, 그렇게 많이 살 일이 없어졌기 때문일 것입니다.

오징어 스무 마리 묶음을 일컫는 '축'이라는 말도, 많아야 열 마리 정도나 사는 요즘에는 듣기 어려운 말이 되어가고 있습니다. 볏짚,

장작, 채소 따위의 작은 묶음을 뜻하는 '뭇'도 그렇고, 조기나 고등어 두 마리를 가리키는 '손'도, '마리'에게 밀려나 듣기 어려운 말이 되어 가고 있습니다.

이런 고운 말들은 이제 사전 속에 갇혀서, 어쩌다 찾아오는 이를 만나는 납골당의 유골 항아리처럼, 서글픈 신세가 되어가고 있어 안타깝다는 생각이 듭니다. 이제 우리는 아름다운 말들의 납골당에 들른 셈 치고 명패나 한번 훑어보고 가기로 합니다.

톳 : 김 100장을 묶어 이르는 말.

죽 : 옷, 그릇 따위의 열 벌을 묶어 이르는 말.

축 : 오징어를 묶어 세는 단위. 오징어 한 축은 20마리.

뭇 : 짚, 장작, 채소, 따위의 작은 묶음을 세는 단위.

손 : 한 손에 잡을 만한 분량을 세는 단위. 조기, 고등어, 배추 따위 한 손은 큰 것 하나와 작은 것 하나를 합한 것을 이르고, 미나리나 파 따위 한 손은 한 줌 분량을 이름.

139 소가지, 싸가지, 꼬라지

언어 사회에는 바르고 품격 높은 말만 있는 것이 아닙니다. 우리가 사는 사회의 모든 면이 다 바르고 고상하지는 못하듯이 언어도 당연히 사회의 그 어두운 면을 반영하게 마련입니다. 세계의 어느 나라 말이나 속어, 은어도 있고 욕설도 있듯이 우리말 또한 그런 것 같습니다.

천국에 가면 좋긴 한데 재미가 없다는 우스갯소리가 있습니다. 언어에도 비속어나 욕설이 없다면 그 특유의 감칠맛이 사라지는 것은 아닐까요?

우리가 흔히 듣고 쓰는 '소가지', '싸가지', '꼬라지' 이 셋 중에서 사전의 표제어로 오른 것은 딱 하나입니다. 어느 것일지 한번 알아맞혀 보세요.

이 세 단어의 공통점은 똑같은 접사가 붙었다는 점입니다. '속, 싹, 꼴'이라는 어근에 다 같이 '-아지'라는 접사가 붙었습니다. 접사 '-아지'는 '송아지, 망아지'의 경우에서 보듯이 보통 '어린 새끼'에 붙는 접사인데, 여기서는 부정적 느낌의 비속어에 붙었습니다.

누구를 비난하거나 욕을 할 때 소가지, 싸가지, 꼬라지 이런 말이 없다면 그 말에 담긴 차지고 감칠맛 나는 느낌은 아마 사라질 것입니다. 언어의 다양성, 그 구색을 맞추기 위해서라도 비속어나 욕설은 불가피한가 봅니다.

이제 위의 퀴즈, 정답을 밝힙니다.

'소가지'는 사전에 표제어로 올랐고 나머지 둘은 아직 아닙니다. 제 개인적 소견으로는 나머지 둘도 머지않아 표제어로 당당히 등극할 것으로 보입니다.

140 박이다, 박히다, 썩이다, 썩히다

손에 못이 박인 사람들은 공사장의 인부들이고,

손에 못이 박힌 사람은 사람의 아들 예수입니다.

속을 썩이는 사람들은 엇나간 자식을 둔 부모들이고,

거름을 썩히는 사람들은 농사짓는 농부들입니다.

자음 하나, 모음 하나만 바꾸어도, 뜻이 엄청나게 달라지는 것이 바로 우리말입니다. 다음의 예들이 바로 그렇습니다.

1.

박이다

① 버릇, 생각, 태도 따위가 깊이 배다.

* 주말마다 등산하는 습관이 몸에 박였다.

② 손바닥, 발바닥 따위에 굳은살이 생기다.

* 마디마디 못이 박인 어머니의 손.

박히다 : '박다' 의 피동사

* 다이아몬드가 박힌 결혼반지.

2.

썩이다 : 걱정이나 근심 따위로 괴롭게 만들다.

* 이제 부모 속 좀 작작 썩여라.

썩히다

① 유기물이 세균에 의해 분해되어 나쁜 냄새가 나고 형체가 뭉개지는 상태가 되다.

* 음식물을 썩혀서 거름을 만들다.

② 물건이나 사람의 재능 등을 내버려진 상태로 있게 하다.

* 기술자가 없어서 비싼 장비를 썩히고 있다.

141 동사무소, 주민센터, 행정복지센터

오랜 세월 쓰던 이름 '동사무소'가 '주민센터'가 되더니 또다시 '행정복지센터'로 바뀌었습니다. 동네 관청(?)이 이렇게 세 가지 이름으로 불리는 동안 '구청', '시청', '도청'의 명칭은 한 번도 안 바뀌었습니다. 왜 이래야 하는지 저는 지금도 납득이 안 됩니다. 오히려 동사무소를 구청, 시청, 도청처럼 '동청'으로 했더라면, 늘 어렵게만 살아가는 서민들의 짜증이 덜할 것도 같습니다.

동사무소 명칭만이 아니고 도시나 도의 명칭도 그렇습니다. 그냥 가만히 두고는 견디지 못하는 모양입니다. 무슨 무슨 '자치도'가 늘어나더니, 이번에는 또 '특례시'가 자꾸 늘어나고 있습니다. 뭐 하자는 것인지, 누구를 위한 것인지, 저는 정말 모르겠습니다.

온 세계가 한국인의 특징을 '빨리 빨리'라고 말합니다. 저는 이 말이 칭찬이 아니라 조롱으로 들릴 때가 많습니다. 진득하게 참고 견디던 선인들의 여유로움은 사라지고 그 자리에 잠시도 참지 못하는 '냄비 근성'이 자리했습니다.

빨리 빨리 공화국이 이제 세계의 웃음거리가 되는 것 같아서 조마조마합니다. 느닷없이 이소라의 〈제발〉이라는 노래가 생각나는 저녁입니다.

142 '나의 소원'과 K-문화

백범 김구 선생은 자신의 소원이 첫째도, 둘째도, 셋째도 조국의 독립이라고 했습니다. 나라 잃은 삼십여 년의 설움 때문에 독립에 대한 소원이 그토록 간절했을 것입니다.

김구 선생은 『백범일지』에서, '나의 소원'을 밝히는 데 그치지 않고, 간절히 바라는 나라의 모습도 덧붙이고 있습니다. 그것은 군사적 강국도, 경제적 부국도 아니고, 오로지 문화의 강국이었는데 그 이유가 이렇습니다. '문화의 힘은 우리 자신을 행복하게 하고, 나아가서 남에게도 행복을 주기 때문이다.'

그런데, 이 글이 발표되던 1947년 당시에는 한갓 백일몽처럼 여겨졌던 김구 선생의 그 꿈, 문화 강국의 그 꿈이, 2000년대에 와서 거짓말처럼 실현되고 있습니다. 지금 세계는 이른바 'K-culture' 열풍에 휩싸이고 있습니다. K-drama, K-pop으로 시작하더니, K-food, K-fashion, K-beauty 등으로 확대되고, 세계 각국의 대학들이 한국어학과를 신설하는 등 한국어 열풍이 불고 있습니다. 마침내 한국 문화 전반에 대한 세계인의 호기심이 날로 증가하고 있고, 이를 확인하러 오는 여행객이 늘고 있습니다.

이러한 세계적 열풍 현상을 바라보는 서구의 학자들은 그 원인을 한국인의 '우수한 두뇌'에서 찾고 있습니다. 미국 한 대학의 연구에서 한국인의 두뇌가 세계에서 유대인 다음, 둘째로 우수하다는 결과를 발표했고, 또 다른 미국 대학은 이에 관한 논문을 발표했는데, 한국인의 두뇌가 우수한 원인을 네 가지로 분석하고 있습니다.

첫째, 젓가락 사용, 둘째, 하이브리드 문자 사용, 셋째, 사계절의 기후, 넷째, 근친혼 금지.

젓가락을 사용하는 나라는 한국, 중국, 일본이 대표적입니다. 그런데 그 사용법은 제각각 다르다고 합니다. 중국인들은 기다란 젓가락을 국수나 큰 음식을 집어 올리는 데 사용합니다. 일본인들은 젓가락을, 음식 집어 올리는 데 쓰기보다는 작은 접시에 담긴 음식을 입으로 그러넣는 데 씁니다. 이에 반해 한국인들은 짧은 젓가락을 사용하여 아주 작은 것들을 집어 올리는 데 익숙합니다. 심지어 작은 콩알도 어렵지 않게 집어 올립니다. 옛날에는 젓가락으로 간장 종지를 집어 올리지 못하면 아직 장가갈 나이가 아니라는 속언도 있었습니다. 한국인의, IT기술을 뽐내는 손과 머리의 섬세한 운용이 이러한 젓가락 사용에서 비롯되었다는 설명입니다.

언어학자들은 한글을, 고유어와 한자를 효과적으로 결합해 둘의 장점을 극대화한 하이브리드 문자로 분류하고 있습니다. 한국어 어휘의 약 70퍼센트가 한자어라는 사실을 보면 설득력이 있는 주장이다 싶습니다. 하이브리드 성격을 지닌 언어는 한국어만이 아닙니다. 가령, 이웃나라 일본도 응용 방식은 달라도 한자를 섞어 쓰고 있고, 영어는 물론 유럽의 언어들도 하이브리드 성격을 지니고 있는 것들이 많습니다. 다만 그들 언어 중에 한국어만큼 하이브리드 언어적 효율성을 극대화한 언어는 없다는 것이 언어학자들의 주장입니다.

한국의 기후는 사계절의 변화가 뚜렷합니다. 일정하지 않은 계절의 변화에 적응하여 생존하다 보니 두뇌가 발달했을 것이라는 가설이 또 한 가지 근거입니다. 그러나 사계절의 기후를 가진 나라는 한국만이 아닙니다. 가까이는 중국이나 일본의 기후도 그렇고, 유럽 등 다른 나라들도 위도가 비슷한 경우라면 큰 차이가 없을 것이어서 설득력이 약해 보입니다.

마지막으로 근친혼을 금하는 한국의 혼인 문화는 위 주장의 근거로 설득력이 있어 보입니다. 근친혼의 후손들에게 유전학적 문제점들이 많다는 것은 이미 널리 알려진 학설입니다. 유럽은 물론 이웃나라인 중국이나 일본의 경우만 해도 근친혼을 금하지 않았습니다. 왕족이나 귀족사회일수록 오히려 근친혼이 성행했습니다. 유독 한국만이, 옛날에는 관습으로, 그리고 현대에는 법으로 근친혼을 엄격하게 금하고 있습니다.

한국인의 우수한 두뇌는, 세계가 인정하고 있는 것이 맞습니다. 그런데 말입니다. 그 좋은 두뇌를 좋은 곳에만 쓴다면 좋을 텐데 그렇지 못한 경우도 심심찮게 보도되고 있어서 걱정입니다.

우리는, 문화의 꽃을 활짝 피워서 우리 자신은 물론 온 세계인들을 행복하게 해야 한다는, 백범 김구 선생의 소원을 기억해야 합니다.

백범의 그 꿈은 이제 우리 모두의 꿈이 되었습니다. 그리고 그 꿈은 지금 이루어지고 있다는 생각이 듭니다. 이런 생각, 저 혼자만 하는 것은 아니겠지요?

산책을 마치며

이제 이 '말숲산책', 마칠 시간입니다.

결코 가깝지 않은, 140여 리 산책 길,

짜릿한 재미 같은 것도 없는 덤덤한 그 길을

끝까지 함께해주셔서 감사합니다.